貝拉與莫樂多經典童話歷險記

圖、文／陳始暢

目次

一、回到老家

陽光森林的扁臉猴貝拉，與矮人村的小矮人莫樂多，懷著對未知世界的好奇，攜手走遍了世界的每一個角落，他們在奇妙的旅程中經歷了一個又一個有趣的故事，旅行也大大地增長了他們的見識，使他們變得更加勇敢和智慧。

在長長的遊歷之後，他們決定帶著旅途中滿滿的收穫回到各自的家鄉。於是，他們先回到了莫樂多的家鄉——矮人村。在村口，莫樂多見到了鬍子花白的老村長拉莫。多時不見，老村長臉上多了一副老花眼鏡。村長見到兩個遠遊歸來的小傢伙，開心得哈哈大笑。他爬上高高的香樟樹，「叮叮噹噹」敲起了矮人鐘。

矮人們聽到鐘聲紛紛聚了過來。莫樂多的好朋友拉迪與卡莫正在山後的遊樂園玩耍，聽到鐘聲也趕了過來。大家看到久別的莫樂多與小貝拉，別提多高興了！到了晚上，矮人們燒起了篝火。大家圍著篝火，聽莫樂多滔滔不絕地講述這趟奇妙旅行中發生的有趣故事；貝拉則笑嘻嘻地在旁邊補充莫樂多故事中遺漏的細節。當莫樂多講到十八個大鬍子海盜的故事時，拉迪樂得開懷大笑，結果掉了一顆門牙。當莫樂多講到在紅樹森林那個奇妙的夜晚，矮人卡莫由於緊張，鼻涕流了三寸長；而當莫樂多講到在起源島找到了起源寶書，制止了動物界的一場血腥廝殺時，老村長感動得大聲叫好，結果這聲大叫卻嚇暈了一隻經過的大烏鴉！

大家都覺得旅行歸來的莫樂多長大了，變得更加地勇敢和自信。莫樂多滔滔不絕地講述著旅途的精彩故事，一直到天邊泛起了魚肚白，他卻還在沒完沒了地講著自己的故事，直到他覺得差不多把所有好玩的故事都和大家分享完了，環顧四周，才發現大家不知什麼時候都睡著了，於是他聳

聳肩，頭一歪倒在草地上也呼呼地入睡了。

貝拉決定回陽光森林。他也很想早點見到父母和夥伴們。莫樂多決定陪同貝拉一起去。於是，他們告別村長和夥伴們，踏上了去陽光森林的旅程。

他們走了很久，這一天終於來到了陽光森林。貝拉看到熟悉的森林，開心得大聲歡叫。他是多麼希望爸爸媽媽還有小夥伴們能第一時間跑出來迎接他的歸來啊！可是，貝拉叫了很多聲，就是看不到一個人來。於是，他和莫樂多來到月亮湖的前面，往日這裡可是猴群們聚集的地方。貝拉以前最喜歡做的事情就是躺在河邊的大樹上，美味地吃著香蕉，看著遠方的浮雲任思緒飛揚。可是，今天他卻看不到一個熟悉的夥伴，大家都到哪兒去了呢？

貝拉一臉的疑惑，莫樂多更是一籌莫展。就在這時，他們看到湖的對面好像有一個白色的亮光在一閃一閃，那是什麼呢？他們決定到對岸去看一看，於是，他們用大木頭做了一片小舟，划到了對岸，發現剛才那個白白的閃光點原來是一個半圓形大房子的窗戶，樹木遮蓋了房子，只露出一扇窗戶的玻璃在陽光下閃閃發著耀眼的光芒。

這個奇怪的建築像個巨大的雞蛋，只是雞蛋的一大部分被埋在了土裡，只露出一小截在外面，一扇大門緊閉著，把裡面和外面分隔成兩個世界。

「什麼時候森林裡多了這個奇怪的房子？爸爸媽媽還有夥伴們都到哪裡去了呢？」貝拉疑惑地問道。莫樂多提議：「拉拉，你看，這個房子造型很古怪，裡面一定有什麼祕密吧？我們晚上來闖一闖這裡，也許能打聽到大夥兒的消息！」

貝拉點了點頭，兩個人到湖邊的草地上開始謀劃起晚上的行動。

天，不知不覺地黑了下來。

過不了多久，月亮「噹」地跳上了樹梢。他們爬進了「雞蛋」建築的窗戶，縱身一躍，跳了進去。裡面是一條延伸向下的通道。沿著通道，他們在黑暗中摸索著前進。走了很久，還是沒有盡頭。兩個人越走越緊張。忽然，前面出現了一線亮光，接著亮光越來越強，一個大大的空間出現在眼前，這是一個大廳！貝拉和莫樂多來到大廳，他們看到大廳的牆壁上貼著許多張海報。於是他們開始端詳起這些海報，在一張海報前，莫樂多愉快得大叫起來：「拉拉，你看海報裡的這個人不是童話故事裡的白雪公主嗎？白雪公主真漂亮呀！」

貝拉點點頭也很興奮，對著另一張海報他說道：「多多你看，這不是因為撒謊鼻子變得很長很長的匹諾曹嗎！哈哈！」

兩人一邊看一邊開心地交談著。

這時，從隔壁傳來了一陣急促的咳嗽聲，他們從牆壁的縫隙裡看進去，發現裡面還有一個更大的房間：一個白鬍子老人正坐在一張椅子上吃力地咳嗽著。貝拉和莫樂多循聲走了進去，他們要拜訪這位老人。

二、童話老爺爺的煩惱

這位老爺爺看到門口來了一個小矮人和一隻臉扁扁的小猴子，非常熱情地張開雙手歡迎並擁抱他們。貝拉與莫樂多看到，這位老爺爺穿著粉綠色的大棉袍子，鬍子花白。

貝拉和莫樂多發現房間四周都是高高的書櫃，書櫃裡塞滿了厚厚的書籍。

老爺爺介紹自己，說他的名字叫哈爾，是世界上所有童話故事的掌管者。「童話故事的掌管者？」貝拉和莫樂多有點不理解。爺爺接著說：「是啊，這個世界上有許許多多的童話故事，這些故事是孩子童年最好的夥伴。這些故事總得有人管理呀，所以，我就是這些故事的掌管者。你們

看到牆壁四周的書櫃了嗎？」老爺爺問，貝拉和莫樂多環顧四周，點點頭。莫樂多問道：「那您一定聽過世界上所有的童話故事了吧？」

爺爺慈愛地點了點頭。貝拉問爺爺：「請問爺爺，我原來也生活在這片森林，我和莫樂多周遊了世界一圈，回來後，卻找不到我的爸爸媽媽和夥伴們了，請問您知道他們在哪裡嗎？」

哈爾老爺爺聽後皺了皺白白的眉毛，歎了一口氣，對貝拉說：「這個事情我大概知道一點，自從我在這裡蓋了這個地下童話圖書館以後，就邀請了一大批森林裡的客人，我想他們就是你所說的親人和夥伴們吧，他們除了一大群猴子還有一隻綿羊和一隻長頸鹿。」「哦，那一定是琪琪和西西！」貝拉插話道。「對，他們很喜歡看我這裡的童話書，前些日子我發現他們在這裡看書時，集體神祕消失了。我現在懷疑他們進入了書中的某個故事裡，我這幾天也在找他們。不過，你看我這裡有這麼多藏書，要找到他們可得花一番功夫呢！」

貝拉和莫樂多覺得很不可思議，人怎麼會進入到故事裡去呢？童話老爺爺看出了小傢伙們的疑惑，微笑著對他們說：「是的，你們不要忘了，這裡可是神奇的童話故事圖書館，按照童話裡的魔法法則，在這裡可是什麼事都有可能發生的！」

莫樂多看到哈爾爺爺皺著眉頭，好像有什麼心事的樣子，就問爺爺：「您有什麼不開心的事情嗎？我看您愁眉不展的樣子！」爺爺歎了一口氣，站起來叫他們跟他來。爺爺來到一扇門邊，打開大門，示意貝拉和莫樂多進去看看。他們走進房間，發現裡面是一個看不到邊的巨大倉庫，倉庫裡密密麻麻堆滿了信件。爺爺對他們說：「孩子們，你們看——這裡收藏了世界上所有孩子寫給我的信件，我每天看也看不完！」

貝拉問爺爺：「孩子們寫給您的信？那，信上都寫些什麼呀老爺爺？」

老爺爺說：「哦，每當一個孩子讀一個童話故事時，只要他們對故事中的情節或結局有不滿意的地方時，他們心裡的話就會在午夜悄悄變成一

封信，然後就會在夢中寄到我這裡。你們看，我原來的倉庫已經裝不下全世界孩子們的信了，所以我來到這片森林蓋了一個更大的倉庫來收集這些信件。我每天看啊看，可信件卻越堆越多，這個工作真的好辛苦啊！」

貝拉和莫樂多看著白髮蒼蒼的老爺爺，開始有點同情起來，莫樂多問：「那，孩子們都給您提了哪些意見和建議呀？」

哈爾老爺爺說：「哈，那可就多啦！你看——」爺爺隨手拿起桌上一封展開的信件，對他們說：「這是來自中國的一個孩子給我寫的信，他說：『孫悟空為什麼被如來佛壓在五指山下，他問我有沒有辦法讓孫悟空跳出如來佛的手掌心？』」爺爺無奈地苦笑了一下，拿起老花眼鏡，翻開一本厚厚的舊書，對貝拉和莫樂多說：「你們看，這幾天我一直在查資料，希望找到的答案能讓這個孩子滿意。」

爺爺說著又拿起一封信，對他們說：「再說這封信吧，這是來自丹麥的一個孩子的信，他問我：『如果醜小鴨長大後還是很醜怎麼辦？』哈哈，關於這個問題我設計了九種答案，可讓我煩惱的是我該寄哪個答案給他呢？」老爺爺說著皺了皺眉毛，又重重地咳嗽起來，接著說：「你們再看這封，這是非洲肯雅的一個孩子的來信，他問我：『為什麼同一個童話讀了三次結尾都是一樣的？』他希望每次都能讀到不同的結尾。很多人都以為從事童話管理工作一定是很愜意的美差，其實他們不知道我的工作量有多大！不過，關於這個問題倒是給我一點啓發，為了滿足一些孩子們的願望，我決定改寫一部分童話。」

「改寫童話？」貝拉和莫樂多睜大了眼睛，齊聲問。

「是的，我打算派兩個人進入到童話故事中，按照孩子們的心願來改寫故事！」

貝拉和莫樂多聽老爺爺這麼一說，都覺得這個工作很好玩，於是兩個人懇求爺爺讓他們來完成這個使命，老爺爺考慮了一下，鄭重地點了點頭，對貝拉和莫樂多說：「好吧，我答應你們，就派你們兩個去吧！而且你們可以到童話故事中，打聽一下失蹤親人們的消息，以及一塊叫做『世界之愛』寶石的消息。」

貝拉和莫樂多聽了非常高興，雖然他們不知道爺爺說的「世界之愛」寶石是什麼東西，但他們相信只要踏上這神奇的旅程，也許什麼奇蹟都會發生！

老爺爺帶他們來到另一個房間，這個房間裡到處都是造型奇特的試管和儀器，爺爺告訴他們這裡是「魔法寶貝實驗室」，他們將帶著爺爺在這裡研製出的寶貝進入故事，完成改造故事的使命。

爺爺給了他們每人一個鈴鐺，並對他們說：「每次完成任務後你們就搖一搖再碰一碰彼此的鈴鐺，鈴鐺神奇的魔力會帶你們從故事中返回到這裡。」

貝拉和莫樂多接過鈴鐺，搖了搖，發現聲音很清脆，鈴鐺銀光閃閃，特別漂亮，於是他們將鈴鐺放進各自的口袋，期待著爺爺佈置的第一個任務。

三、白雪公主的魔力蘋果

哈爾老爺爺帶著貝拉和莫樂多回到剛才的房間，爺爺翻開一本很厚很厚的羊皮書，指著書中的一頁對他們說：「你們的第一個任務就是改造這個故事！」

貝拉和莫樂多看到老爺爺指著的是《白雪公主》，爺爺對他們說：「《白雪公主》的故事，講的是一個美麗的公主在親生母親去世後，國王又娶了一個漂亮的女巫做她的後母。女巫因為妒忌公主的美貌，三番幾次要設計害死她，可是森林裡的七個小矮人卻收留了逃亡的公主，女巫於是用毒蘋果毒暈了公主。直到鄰國的王子用真誠的愛和親吻使得公主醒過來，王子娶了美麗的白雪公主，他們永遠幸福快樂地生活在一起，而女巫卻在妒忌中被閃電擊中丟了性命！

在我收到的投訴信中，提到最多的是關於《白雪公主》這個故事，孩子們因為關心白雪公主，都覺得公主吃了女巫的毒蘋果風險很大，很多孩子怕公主吃了以後萬一真被毒死了怎麼辦？」

貝拉聽了，想了想說道：「可故事最後王子不是親吻了公主，公主就醒來了嗎？」莫樂多聽了也點了點頭，童話老爺爺卻說：「是啊，可孩子們都說每當故事看到這裡時都會為公主捏一把汗，他們覺得公主因為王子的親吻，活了過來這個結局是僥倖的，他們希望公主最好不要吃那個毒蘋果，還有些孩子擔心公主雖然活過來了，但殘留在蘋果裡的毒藥在今後的日子裡會給公主留下後遺症，如果有了後遺症，那麼故事結尾的那句『從此公主與王子永遠幸福快樂地生活在一起』就會不成立，他們怕公主以後經常要打針吃藥，受盡疾病的折磨。」

貝拉和莫樂多聽到這裡，覺得孩子們的擔憂不無道理，他們一齊點了點頭，貝拉無奈地問爺爺：「可是，老爺爺，即使是這樣，我們又能怎麼辦呢？」

這時爺爺從桌子的抽屜裡拿出一個金黃的大蘋果，對他們說：「這是我最新研製的寶貝——『金蘋果一號』，需要你們進入故事，讓公主吃這個蘋果，只要吃了這個蘋果，公主就會具有超級厲害的法力，她不但不會被女巫害死，還會很好地保護自己。」

貝拉接過蘋果和莫樂多好奇地看了看，老爺爺指著牆角的一個滑滑梯一樣的東西對他們說說：「孩子們，進去吧，我送你們進入故事。這是童話故事輸送器，這可是我研製了很久發明的儀器。這個滑梯一頭在這裡，另一頭聯通一個童話故事。」

貝拉和莫樂多好奇地鑽進了這個神奇的滑梯，他們看到這個滑梯的管道通向黑暗的前方，前面是哪裡呢？他們不得而知。

老爺爺調節了一下滑梯上的幾個按鈕，口中念念有詞，最後，按下了一個紅色的大按鈕，說了句：「達拉！達拉！走啦！」兩個小傢伙坐著滑梯一下子就滑向前方從老爺爺眼前消失了！

貝拉和莫樂多降落在故事中女巫皇后的臥室，此刻女巫正好將毒蘋果放在臥室的桌子上，轉身去赴皇宮裡的宴會了。貝拉和莫樂多來到桌前，他們看到那個毒蘋果顏色比較暗，但大小倒是和「金蘋果一號」差不多，貝拉想：看來童話爺爺眼力不大好！於是他們悄悄地用「金蘋果一號」換掉了女巫的毒蘋果，臨走，莫樂多忽然將一張小紙條塞進「金蘋果一號」裡，他紅著臉對貝拉說：「哈，不、不好意思拉拉，我從小就是白雪公主的崇拜者，這張紙條是向公主問好的！」貝拉聽後笑了笑，也不好意思地說：「哈，完全理解啦，我也塞了一張紙條在裡面，也是向美麗的公主問好的！」

這時貝拉看到牆壁邊有一面鏡子，他對莫樂多說：「這一定是傳說中的魔鏡吧，其實故事中魔鏡還是挺誠實的，但就怕它看到了剛才的一幕，

給皇后告密！」於是他們來到魔鏡前，警告魔鏡不要對女巫皇后說出今晚房間裡發生的事，魔鏡答應了他們。

第二天，皇后打扮成老太婆的樣子，帶著「金蘋果一號」出發了，她來到小矮人的村莊將蘋果賣給了正在幹活的白雪公主，貝拉和莫樂多悄悄地跟在皇后身後，他們親眼看到了美麗的白雪公主！

善良的公主美美的咬了一口「金蘋果一號」，這回不但沒有出現女巫預期的場景——毒死公主，公主還一下子具有了超級厲害的法力，透過法力賦予的智慧，公主一下子明白了皇后屢次加害她的卑劣行徑，公主於是找女巫算帳。皇后見公主氣勢洶洶地朝她殺來，「哎呀」一聲，轉身逃進了黑森林，一邊逃還一邊驚慌地自言自語：「怎麼會這樣，現在的毒藥品質怎會這麼差？」

在森林裡逃命的皇后，遇到了從後山幹活回來的七個小矮人。小矮人看到白雪公主駕著雲朵正在追趕騎著掃把逃命的女巫，大家紛紛跑過去，想一看究竟。這時貝拉和莫樂多跑到矮人們跟前，和他們述說了事情的經過。大家覺得皇后要害公主固然非常可惡，但公主現在因為有了法力要追殺落敗的女巫也不應該。於是大家跑上前去勸住了正要使出法術打擊皇后的白雪公主，那邊女巫也已經累得上氣不接下氣了！

貝拉對白雪公主說：「親愛的白雪公主，請您手下留情，女巫因為妒忌要加害您確實不對，但請您高抬貴手不要奪了人家的性命，我倒是有個很好的建議！」

白雪公主聽貝拉這麼說，就停下追擊，對貝拉說：「那請您說說您的建議吧！」

貝拉於是對公主和大家說：「在這個故事中其實魔鏡還是非常誠實的，所以我們讓魔鏡來做評委舉辦一場森林選美大賽，我們給所有參賽選手三個月的時間籌備，我和莫樂多還有七個小矮人組成選美大賽評委會。」

「哈，是貝拉和八個小矮人啦，別忘了我也是小矮人的一員勒！」莫樂多眼睛閃閃發光補充道，他覺得這個提議很好！

公主接受了這個建議，她和皇后各自回去為比賽進行準備。許多鄰國的公主聽說了比賽的消息也紛紛報名要來參賽。在這三個月裡皇后拚命地節食，每天飯後還做各種瘦身的有氧運動，而公主呢，三個月裡也拚命地做著和美麗有關的各項運動，她訂閱了大量的關於美容的報紙雜誌，儼然成了打造美麗的專家。

三個月後在黑森林舉辦了第一屆森林選美大賽，作為大賽的指定評委，魔鏡被搬到了選美的舞台中央，經過層層考核，最後魔鏡宣佈白雪公主獲得了「最佳自然美冠軍」，皇后因為豐富的學識和雍容的氣質獲得了「最佳氣質美之星」的桂冠，比賽圓滿地落下了帷幕，真是皆大歡喜呀！

皇后在這三個月裡通過積極的鍛鍊，明白了一個道理，那就是只有善良的內心加上健康的飲食和適量的運動才能煥發美麗，並具有真正高貴的氣質，而妒忌卻是心靈的魔鬼！

鄰國的王子被邀請來做這次比賽的頒獎嘉賓，王子看到了白雪公主美麗的容顏，更欣賞公主的善良，他深深地愛上了公主。在比賽現場王子向白雪公主求婚，公主害羞地答應了。於是這兩個王國為公主和王子舉行了盛大的婚禮。貝拉、莫樂多還有小矮人們以及森林的動物們都被邀請來參加婚禮。在全國人民的祝福聲中，王子和白公主幸福地生活在一起。

貝拉和莫樂多在王子和公主的婚禮後，決定返回童話圖書館，他們婉謝了王子和公主熱情的挽留，拿出童話老爺爺哈爾送的鈴鐺，搖了搖，又互相碰了碰，和大家揮手道別。一陣旋風，「嗖」一下子他們回到了童話老爺爺的身邊。

四、神奇的「願望火柴」

貝拉和莫樂多回到地下童話圖書館，童話爺爺張開雙臂熱情地擁抱他們，爺爺高興地說：「孩子們，你們做得很好！這回白雪公主沒有吃到毒蘋果，我想全世界的孩子們可以放心了！讓我特別高興的是你們提議舉辦的『森林選美大賽』，這樣可以讓所有愛美的人在公平的情況下通過比賽來一決勝負，我為你們有創意地完成使命而高興！」貝拉和莫樂多聽到爺爺熱情地肯定他們的行動，非常地高興。莫樂多眨著大眼睛，摸了摸紅紅的鼻子，笑著說：「老爺爺，我們很高興能完成您交代的任務，哈，我發現白雪公主真的好漂亮！」

貝拉也開心地點點頭，說：「確實啊，小時候聽白雪公主的故事就為

白雪公主的美麗和善良而折服，這回見到本人真的名如其人，能親眼見到故事中的偶像這種感覺真的美妙啊！老爺爺，我們希望能再到別的故事中探險，請您佈置任務吧！」莫樂多也使勁地點點頭。

說到這裡，童話老爺爺表情卻凝重起來，他歎了一口氣，對他們說：「唉，在我收到的全世界的來信中，還有一個故事是孩子們提到最多的，這個故事中的小主人公也確實可憐啊！」

貝拉與莫樂多一聽，好奇地看著爺爺，莫樂多連忙問：「親愛的老爺爺，您快說這是什麼故事，主人公怎麼可憐啦？」

老爺爺接著說：「這個故事叫《賣火柴的小女孩》，講的是一個小女孩在下著大雪的除夕夜為了生計沿街叫賣火柴，可是，卻沒有一個人來買她的火柴。」

說到這裡，莫樂多眼眶濕潤了，他著急地問：「那她的家人呢？她應該待在她的父母身邊享受溫暖的親情呀！」

老爺爺說：「哦，她是個可憐的孤兒，疼愛她的母親和奶奶都去世了！」貝拉關切地問道：「那她後來怎麼樣了？」

童話爺爺說：「後來她蜷縮在馬路的牆角，渾身發抖，她看到慶賀新年的人們在各自的家裡快樂地說笑著，於是她拿出火柴，劃亮了一根，在火光中她彷彿看到了一個熱氣騰騰的火爐；她劃亮了第二根火柴，這回她看到的是一隻香噴噴的烤鵝向她走來；她劃亮第三根火柴，看到一棵裝滿禮物和蠟燭的聖誕樹；可憐的孩子，當她劃亮最後一根火柴時，她看到慈祥的奶奶對著她微笑，奶奶張開溫暖的懷抱帶她去了天堂；第二天人們發現小女孩被凍死了！」

故事說到這裡，貝拉和莫樂多早已泣不成聲，兩人為小女孩悲慘的命運感到非常難過。

童話老爺爺深深地歎了口氣，說道：「作為掌管童話故事的爺爺，我也很難過，我幾乎每天都收到全世界孩子們的來信，我想是該為這個可憐的孩子做點什麼了！」說著爺爺從懷裡拿出一盒火柴，慈愛地說：「這是我特意為賣火柴的小女孩研製的寶貝，它叫『願望火柴』，你們帶著火柴去故事中，去實現小女孩所有的願望吧，這也是全世界的孩子們送給她的一份禮物！」

貝拉接過火柴，和莫樂多仔細地端詳起來，他們特別高興能去完成這樣一個美好的使命，於是他們迫不及待地鑽進神奇的滑梯，帶著老爺爺的囑託和願望，出發了！

他們來到了故事中的大街上。這時天上正下著鵝毛般的大雪，風呼呼號叫著，街道上的人們步履匆匆，大家都在趕著回家準備慶賀新年！貝拉和莫樂多覺得很冷，他們後悔沒有多穿一點衣服出來，莫樂多被風一吹還打了個大大的噴嚏，但一想到要給小女孩送禮物，他們也顧不得身上的寒意了。

這時在街道的拐角一個小女孩正朝著這邊孤獨地走來，一邊走一邊瑟瑟地叫賣著：「賣火柴呀，賣火柴呀！」貝拉拽了拽莫樂多的衣角，提示他故事的主人公出現了。

這時一輛馬車飛奔過來，小女孩嚇得跑開卻把拖鞋都跑掉了。她實在走不動了，就在牆角坐下。貝拉與莫樂多看小女孩坐下了，就走了過去。他們來到小女孩的身邊，小女孩看到貝拉與莫樂多，就拿出火柴對他們說：「你們好啊，你們願意和我作伴嗎？哦，你們一會兒一定要回溫暖的家了吧，馬上就要過新年了，你們的家人一定在等待你們回家呢，有家真好啊！」

莫樂多一聽這話，覺得無限的傷感，風一吹，整個人又凍得瑟瑟發抖。小女孩看到了，就從口袋裡拿出一根火柴，說：「來，我們一起取暖吧！」於是，她劃亮了火柴，三個人用小手呵護著火柴，不讓風把火柴吹滅。在火光中，三個人感到了火光微弱的溫暖，小女孩因為有了新夥伴格外地高興，作為孤兒她一直孤零零地生活著，從來沒有玩伴。她微笑地看著貝拉與莫樂多，臉上煥發出愉快的神采。自從疼愛她的奶奶和母親去世後，她從來沒有這麼高興過！

當小女孩要劃亮第二根火柴時，貝拉從口袋裡拿出童話爺爺給的『願望火柴』，對小女孩說：「來，我們用這包火柴吧，在劃亮火柴時別忘了許下新年的願望哦！」說著將火柴交到了小女孩的手上。

小女孩愉快地接過火柴，拿出一根，劃亮，這時一陣風吹來，三個人趕快用小手圍攏火光，火柴燃燒起金黃的光芒，像個會跳舞的精靈。莫樂多趕緊提示小女孩：「快，快許下願望！」

小女孩於是閉上眼睛，在心裡許願，她希望此刻能咬一口美味的烤鵝解解饞，她已經整整一天沒有吃東西了！火柴熄滅後，小女孩睜開眼睛，這回她不敢相信自己的眼睛了！原來街道上無數隻肚子裡填滿蘋果和梅子的燒鵝，背上插著刀叉，搖搖晃晃地向她走來。不是一隻，是無數隻！烤鵝們排著隊像一支紀律嚴明的軍隊，步調統一，旁邊還有無數片麵包也整齊地排著隊伍向這裡浩浩蕩蕩地走來。貝拉與莫樂多也看傻眼了，「哇！」三個小傢伙同時發出驚歎。小女孩一開始是嚇呆了，接著高興地站了起來，朝「隊伍」跑去，烤鵝和麵包也圍著小女孩和她一起翩翩起舞，貝拉和莫樂多也加入了狂歡的隊伍。玩得累了，他們就坐下來大口大口地吃著美味的烤鵝和麵包，小女孩提議吃不完的美食可以送給大雪天裡挨餓的窮人，貝拉和莫樂多聽了連忙點頭，他們為小女孩的純真和善良而感動。

這回小女孩可是領教了「願望火柴」神奇的威力，她對貝拉和莫樂多說：「哈，真是太感謝你們啦，你們一定是上天派來的吧？」莫樂多不好意思地摸摸紅紅的大鼻子，說：「哈，我們是童話老爺——」話說到這裡，貝拉連忙扯了扯莫樂多的衣角，示意他不要洩露「天機」。

小女孩懵懂地點了點頭，她拿出第二根火柴，想了想，劃亮了，這回她希望去世的奶奶和媽媽能夠重返人間，回到她的身邊，帶給她溫暖和快樂。果然，神奇的願望火柴滿足了小女孩的願望，奶奶和媽媽帶著溫暖的微笑降臨在小女孩的身邊。奶奶擁抱著久別的小女孩，媽媽親吻她光潔的額頭，小女孩別提多高興了！看到願望火柴這麼管用，小女孩趕緊拿出第三根火柴，劃亮。

這回她希望天上下起糖果的大雨。因為貧窮，她很久沒有吃美味的牛奶糖了。於是天上開始下起各種美味的糖果：有牛奶味的、有巧克力味的，還有各種水果味的，都是小女孩最愛吃的口味。小女孩看到漫天飄灑的糖果，高興得不得了，她興奮地跑去敲開大街上所有人家的大門，呼喚所有人出來加入她慶賀的隊伍。人們於是都從各自的房子裡出來，在糖果的大雨中唱啊，跳啊，慶賀著，好一派節日的熱鬧景象！

可是這回問題也出來啦，小女孩祈禱下一場糖果的大雨，可沒有說大雨什麼時候結束，就這樣糖果雨不停地下著。很快，糖果厚厚地積壓起來，眼看都快要和屋頂齊平了，大家於是紛紛跑到了小鎮的一個大倉庫裡

面。居民們非常高興，他們都喜歡這美味的糖果。在大倉庫裡大家開了個會，貝拉和莫樂多提議大家充分利用這些糖果，將小鎮打造成「糖果之鄉」。這樣，這些糖果不但可以為小鎮居民帶來可觀的收入，還會帶動這裡的旅遊。

大家都非常讚賞這個高明的倡議，貝拉和莫樂多又告訴大家這些糖果是小女孩的願望變的，大家於是熱情地邀請小女孩擔任小鎮糖果的形象大使。小女孩欣然接受，從此她再也不用靠賣火柴為生啦！

過了很久，外面的糖果雨停了，居民們開始收集和打掃糖果，經過七天七夜的清理，糖果終於被清理乾淨，堆積在二十個大大的倉庫裡面。這些糖果足以讓小鎮居民過上美好、富足的生活！大家都很感激小女孩，是她的願望給小鎮的人們帶來了財富和快樂！

在糖果雨的舞蹈中小女孩不小心丟失了神奇的願望火柴，不過這也沒關係，因為這些美味的糖果就是送給她最好的禮物！

貝拉和莫樂多看小女孩在奶奶、媽媽身邊快樂、幸福的樣子，非常開心，他們覺得自己的工作非常有意義！他們決定悄悄返回童話圖書館向老爺爺交差。

於是他們拿出鈴鐺，搖了搖、又碰了碰，「嗖」！一縷煙，消失在大街上。

五、兩個騙子的教訓

貝拉與莫樂多回到了童話老爺爺身邊，老爺爺快樂得像個孩子！花白的鬍子高高翹起，眼睛瞇成了一條縫，他從鼻樑上拿下老花眼鏡，樂呵呵地對他們說：「太好了！孩子們，你們做得很棒！我們給賣火柴的小女孩送去了快樂，並實現了她的心願，這是多麼有意義的事啊！」

貝拉和莫樂多非常開心，貝拉問爺爺：「爺爺，我們在故事中做的事您都知道嗎？」老爺爺點了點頭，慈愛地說：「是啊，你們看——」老爺爺將那本厚厚的童話書打開，指著書裡的插圖對他們說：「你們看啊，你們在故事裡時，我在看著呢。你看，這裡還有關於你們的插圖。」

貝拉與莫樂多果然看到書裡的插圖上畫著他們與小女孩坐在牆角，用

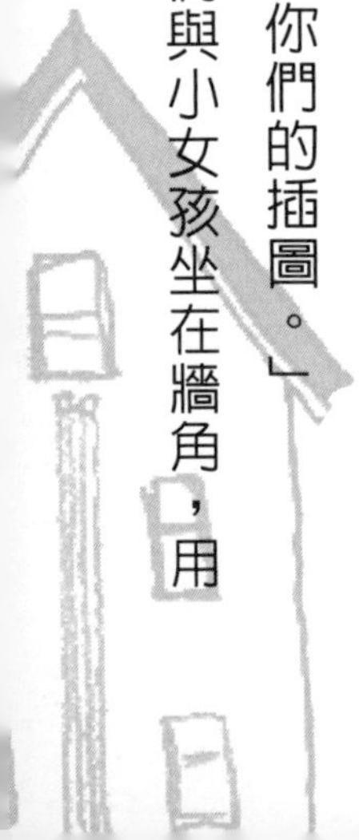

火苗取暖的場景，天上，正下著鵝毛大雪。而在另一張插圖上則畫著大街上的人們在糖果雨中慶賀、狂歡的場景，畫得維妙維肖，生動極了！

貝拉與莫樂多期待著哈爾爺爺給他們佈置的第三個任務。爺爺合上書，戴上老花眼鏡，從桌邊拿出一封信，對他們說：「孩子們，這是一個紐西蘭的孩子給我的來信，他在信中提到了讀故事《皇帝的新裝》後他的思考。這個故事講的是一個皇帝不關心老百姓的生活，愛慕虛榮，每一天每一個小時他都要換一套新衣服。有一天來了兩個騙子，騙子騙國王說能織出世界上最美麗的布，用布做成的衣服是愚蠢和不稱職的人看不到的，結果這個王國所有的人為了證明自己不是愚蠢和不稱職的，紛紛加入了撒謊的隊伍，而受騙的皇帝居然還『穿』上新衣服，赤裸裸地參加遊行大典，哈哈！」

貝拉睜著大大的眼睛，好奇地問：「那後來呢？」

爺爺說：「後來啊，兩個騙子騙走了皇帝賞賜的金子逃走了，而這荒唐的一切最後被一個誠實的孩子給揭穿了，皇帝成了大家的笑柄！哈哈！」

爺爺接著說：「這個孩子在信裡說，故事中的皇帝固然愚蠢又愛慕虛榮，但那兩個騙子的行徑也是不對的，他們拿著皇帝賞賜的金子逃之夭夭，從此逍遙快活。我想，有一天他們金子揮霍光了，一定又會幹起老本行，到時候又不知道哪個傢伙要遭殃啦！」

貝拉與莫樂多聽了爺爺的話，也點了點頭，莫樂多皺皺眉頭，氣呼呼地說：「是要給騙子們一點教訓！」貝拉也贊同地點點頭，他們期待老爺爺這回變出個什麼寶貝，好讓他們去故事中教訓那兩個騙子。

可這回，老爺爺卻沒有給他們寶貝，老爺爺對他們說：「孩子們，這回你們需要用自己的智慧來開展工作，不過你們可以找故事中那個誠實的孩子一起商量對策。據我所知，那個孩子不但很誠實還很機智，他一定會幫到你們的！」

貝拉和莫樂多點了點頭，他們很期待和那個誠實的孩子見面。

於是他們坐上輸送滑梯，老爺爺唸起咒語，按下了按鈕，送他們上路了。

貝拉和莫樂多降落在熱鬧的大街上，此刻，一場隆重的慶典正在舉行。遠處皇帝在華麗的華蓋下緩慢地走來，後面的內臣還假裝托著空氣做的後裙，亦步亦趨地尾隨著，站在街上和窗子裡的人都說：「乖乖！皇上的新裝真是漂亮！他上衣下面的後裙是多麼美麗！這件衣服真合他的身材！」誰也不願意讓人知道自己什麼也看不見，因為這樣就會顯出自己不稱職，或是太愚蠢。皇帝所有的衣服從來沒有獲得過這樣的稱讚。

這時一個小男孩擠進人群，他看到皇帝光禿禿、滑稽又愚蠢的樣子，就大聲地喊叫道：「可是他什麼也沒穿啊！」這句話迅速在人群裡流傳開了，這回所有的人都確信不是自己愚蠢或者不稱職而是皇帝在自欺欺人。可笑的是，皇帝明知大家是對的，可是還得將這個表演進行下去。

貝拉與莫樂多也擠進人群，找到那個誠實的孩子，把他拉到角落，他們彼此做了自我介紹。小男孩說自己叫約翰，是城裡園藝師的孩子。貝拉告訴他皇帝受騙的經過，提出要教訓一下那兩個騙子，約翰非常贊同。約翰的鼻子又高又尖，小臉紅撲撲的，他眨眨大眼睛，想出了一個絕妙的好主意。

話說那兩個騙子得逞後，帶著從皇帝那裡騙來的生絲和金子沿著小路從城市逃到了鄉間，到了空曠的鄉間，他們放慢了步伐，兩人得意地聊起天來。騙子一個胖一個瘦，胖的對瘦的說：「哈，沒想到這麼容易就得手了，我們發財啦！」

那個瘦子說：「是啊，哈哈，太好了，我以為世界上只有那個皇帝是最愚蠢的，沒想到這個王國的人都一樣，我敢說虛偽和愚蠢是最好的鄰居！」

兩人正有說有笑地走著，這時，他們看到前面有三個人在吵架，原來是貝拉、莫樂多還有約翰。騙子上前打聽，聽到小男孩約翰說自己的田裡能種什麼得什麼，貝拉說自己前天在地裡種下了一個罐子，第二天他在地裡挖到了五個同樣的罐子。而莫樂多種下的一袋大米，今天過來挖，卻什麼也沒有得著，所以他很生氣。此刻莫樂多正在罵約翰呢，約翰卻一臉的委屈。這時，貝拉打斷兩個人的爭吵，提議大家在附近再挖挖看，也許東西跑到附近了也說不定。於是大家開始挖起土來，兩個騙子因為好奇也加入了挖掘的隊伍。過了一會兒，那個胖子大喊一聲，對大家說：「哈，你們看，這是什麼？」大家合力挖出來一看，哇！整整五袋大米被挖了出來！這回莫樂多樂開了花！他大聲地感歎道：「哈！我發財啦！」

約翰告訴兩個騙子，這是一塊神奇的土地，種什麼長什麼，而且種一個長五個。約翰希望他們能保守這個祕密。說完，他們三人就告辭離開了。

兩個騙子在他們走了後，開始激動地商量起來，他們決定種下他們行騙得來的所有金子和生絲，一想到到時候挖開土地，能得到五倍的財富，兩個人樂壞了肚子笑歪了嘴！

於是等到夜深人靜，兩個黑影出現在土地上，他們用鋤頭刨開土壤，種下了整整兩大袋財寶，等播種完畢，他們又鬼鬼祟祟地離開了。

到了下半夜，又有三個黑影出現在同樣的地方，他們用鋤頭刨開土壤，悄悄地拿走了那兩袋東西。

過了幾天，兩個騙子又來到這裡，當他們刨開土地時，卻吃驚地發現他們種下的財寶不見了。於是他們翻遍了這裡的每一寸土地。累得氣喘吁吁，手上都磨出繭了，還是一無所獲。最後他們在附近的地裡找到了一個瓦罐。打開罐子，裡面有一張小紙條，上面歪歪斜斜地寫著：

「利用別人的虛偽來行騙的人，終究會因為自己的貪心栽跟頭。」後面的署名是：俠盜三人組。

兩個騙子這時才意識到自己被人騙了。這回他們親自領教了被人騙的滋味。痛定思痛，他們決定痛改前非：今後靠誠實的勞動來生活。

後來，據說他們拜在了一個著名的手工藝人的門下，學習編織的技術。通過努力的學習，真正成為了遠近聞名的織工，據說很多國家的國王還請他們去編織服飾呢！

而貝拉、莫樂多還有約翰呢，他們將騙子的不義之財發給了附近的許多窮人，使他們過上了好生活。

貝拉與莫樂多要回去了，他們祝福約翰在故事裡幸福、快樂地生活。最後他們搖響了鈴鐺，當兩隻鈴鐺碰撞的那一刻，他們回到了地下童話圖書館。

六、捲土重來的大灰狼

貝拉與莫樂多回到地下童話圖書館，見到童話老爺爺，三個人聊起故事中有趣的經歷都開心的哈哈大笑起來，爺爺表揚貝拉與莫樂多出色地完成任務，也非常讚賞小男孩約翰的誠實和機智。爺爺說：「孩子們，你們記住：只要發揚誠實和智慧的美德，一個人就會做出了不起的成就。」

貝拉與莫樂多使勁點了點頭，貝拉笑著對爺爺說：「是的，爺爺，我們在故事中和約翰成了好朋友，他身上的美德也感染了我們，而兩個騙子也一定會在教訓中得到啟示，希望他們以後能靠自己誠實的勞動生活！」莫樂多摸摸紅紅的大鼻子，往嘴巴裡塞了一個蘑菇，美味地咀嚼起來，他也贊同貝拉的話。

接著，爺爺帶著他們進入了堆放信件的大倉庫。貝拉與莫樂多看到裡面密密麻麻的信件堆積如山，並不時有新的信件揮舞著翅膀飛進來，童話老爺爺說道：「這幾天，我收到了許多表示滿意和感謝的信件。很多孩子對於你們在童話故事中的勇敢、機智行為非常讚賞，並寫來了感謝信呢！」

貝拉與莫樂多聽爺爺這麼一說，非常高興，他們覺得很有成就感。這時老爺爺隨手拿起一封信看了起來，看著看著，皺起了眉頭，說道：「這個來自英國的孩子，在來信中提到了對故事《三隻小豬》的看法。」

莫樂多嚥下一口蘑菇，摸了摸鼻子，問爺爺：「他怎麼說呀爺爺？」

老爺爺睜開瞇著的眼睛，對他們說：「《三隻小豬》講的是豬媽媽要和三隻小豬分家了，她要孩子們自己蓋房子。老大蓋了茅草房；老二蓋了木頭房；老三最辛苦，蓋了磚頭房。後來大灰狼來了，牠一口氣吹倒了老大的茅草房；又一下子撞破了老二的木頭房；於是老大、老二就逃到老三的磚頭房裡。」

「那後來呢？」貝拉撲閃著大眼睛眼問道。

「磚頭房很結實，大灰狼怎麼也進不來，後來就從煙囪爬進來，卻被裡面的煙給熏得半死，狼狽地落荒而逃了！」

老爺爺介紹完這個故事，接著說：「這個英國的孩子在信裡問我，大灰狼以後如果捲土重來怎麼辦？萬一牠想出了更加狡猾的詭計來對付三隻小豬那可怎麼辦呢？這個孩子說自己因為擔心豬一家的安危，已經好幾個晚上都睡不著覺呢！」

貝拉與莫樂多聽了，非常同情這個孩子。這回，他們決定進入故事，看一看這隻大灰狼，到底有沒有繼續騷擾小豬一家。如果有的話，他們可要給這隻大灰狼一點教訓！

老爺爺同意他們的請求，只是提醒他們，大灰狼兇狠又狡猾，可要注意自己的安全。說著，老爺爺從口袋裡拿出一瓶飲料對他們說：「這是我研製的最新寶貝名叫『強力睡香香』，只要喝下這個飲料，大灰狼就會整整睡上七天七夜。你們帶在身邊，希望能派上用場。」

於是貝拉與莫樂多鑽進滑梯，老爺爺唸起了咒語，一按按鈕，送他們進入了故事。

貝拉與莫樂多降落在豬老三的石頭房子外面，他們腳還沒站穩，只聽「啪」一下，從屋頂上掉下一隻大灰狼，大灰狼被煙熏得黑不溜秋，非常狼狽，也顧不上一旁驚詫的貝拉與莫樂多，一瘸一瘸地朝後山逃去，邊逃還邊惡狠狠地說：「哼！我會回來的！」

貝拉與莫樂多趕緊去敲石屋的門，他們告訴裡面的三隻小豬大灰狼逃走了。於是門開了，他們進了房子。三隻小豬聽說大灰狼落荒而逃了都非常高興，他們互相自我介紹起來。貝拉提醒他們：「大灰狼一定不會善罷甘休的！」

三隻小豬都說得想個對策，預防大灰狼的再次來襲。這時豬老三提議邀請森林裡的動物們一起來商量對策，因為這關係到所有動物的安危。於是他們向森林裡所有的動物發出邀請，邀請他們來老三的家裡共進晚餐，同時商量對付大灰狼的計策。

那隻大灰狼呢，牠經過上次的煙熏事件後，元氣大傷。牠逃回後山的洞穴，每天都在想報復的計謀，終於牠想到了一條詭計。

這一天，三隻小豬和貝拉與莫樂多一起離開房子，去森林裡邀請動物們。他們離開後，大灰狼就來了。大灰狼這回帶了一把大鐵鍬，牠在小豬的石頭房子前的地上挖了個大洞，做了個大大的陷阱，等一切偽裝完畢，就悄悄地躲在房子旁邊的草叢裡。

到了晚上，動物們受到邀請都來了。可是所有的動物全部掉進了大灰狼挖好的陷阱裡。大灰狼這回將森林裡的動物們一網打盡，別提多得意啦！牠將動物們一隻隻捆起來，帶到了後山狼窩——一個大大的山洞裡面。不幸的是，這回連貝拉和莫樂多也落網啦。大灰狼流著口水，拿著明晃晃的菜刀，在「俘虜」們面前來回踱步，不時發出猙獰的笑聲。當牠來到貝拉面前時，貝拉卻說話了：「嘿，我說威武的狼大哥，您準備先吃我們哪個呀？」

大灰狼一聽，就想了想，得意地說：「我當然是要先吃那隻肥嘟嘟的小豬啦！」說著還拿眼睛瞧了瞧豬大哥，三隻小豬裡豬大哥最懶也最胖，豬大哥一聽腿直打哆嗦。

貝拉接著說道：「哈，狼大哥您真有眼光，豬老大肥嘟嘟的一定很美味呢！可是您光吃肉，不喝湯不怕噎著嗎？」

可大灰狼卻笑嘻嘻地說：「我當然要喝湯，你看我還準備了鮮美的蘑菇，我要熬上一鍋蘑菇湯呢！」

這時旁邊的莫樂多卻說話了：「狼大哥您落伍啦，現在可是流行一邊吃肉一邊喝飲料，鮮美的豬肉加上可口的飲料才是最美的享受呢！」

旁邊的豬老大聽到他們的聊天，狠狠地瞪了一眼貝拉與莫樂多，嚇暈過去了。

貝拉於是告訴大灰狼，自己身邊帶來了一瓶美味的飲料，願意送給大灰狼，但他特意提示可要在吃肉時再喝。大灰狼拿到飲料後，可不管那麼多，「噗哧」打開飲料，「咕咚咕咚」幾口喝了下去。牠剛想說：「味道不錯啊——」卻一下子癱倒在地，暈睡過去。

貝拉於是用腳鉤來了大灰狼掉地上的菜刀，蹲下來用菜刀割斷了繩索，接著他解開了所有動物的繩索，大家都得救了！

面對呼呼大睡的大灰狼，大家商議如何處置這個傢伙，豬老三提議將這個傢伙直接寄到非洲大草原去，因為那裡到處都是大象、獅子，個頭都比大灰狼大，讓牠也嘗嘗被人欺負的滋味。

於是大家找來了一個大木箱子，將大灰狼裝了進去。在箱子外面寫著：請直接送往非洲大草原。打包好箱子後，大家將箱子送到了開往非洲的列車車廂裡。列車「轟隆隆」地向著非洲開去。

終於在暈睡後的第七個傍晚，大灰狼醒來了。可憐的傢伙發現自己身

處在一個陌生的大草原。一群大象正踩著笨重的步伐，「咣噹咣噹」地從大灰狼的身邊邁過，差一點將牠踩成肉餅。從此，在大草原，大灰狼再也「威風」不起來啦！

動物們非常感謝貝拉與莫樂多的出手相救，紛紛挽留他們留在森林裡做客，但貝拉與莫樂多婉謝了大家的好意，搖著鈴鐺回到了地下童話圖書館。

七、灰姑娘的考驗

貝拉和莫樂多返回了地下童話圖書館，爺爺高興地給他們端來了冒著雪白泡沫的牛奶，慈愛地說：「哈，孩子們，你們做得很棒，來，嘗嘗我親手調製的泡沫牛奶吧！」貝拉與莫樂多喝了一口，一下子覺得飄飄欲仙，他們從來沒有喝過這麼美味的飲料！

這時，從房間的外面飛進了一封搧著翅膀的信，信封是灰白色的，信飛到了童話爺爺的手上落下。貝拉和莫樂多好奇地湊上前去看，發現信封上寫著：關於我心裡的大疑問！童話老爺爺收。

莫樂多對爺爺說：「哈，看來這是封加急的『雞毛信』呀！」

老爺爺慈祥地笑了一下，戴起老花眼鏡，拆開信，看起來。

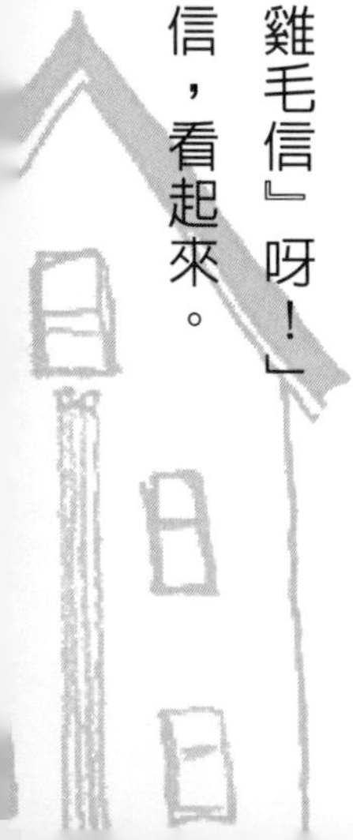

原來這是來自非洲尚比亞的一個小女孩的信，在信裡她表達了對童話故事《灰姑娘》的看法以及她一個心裡大大的煩惱。

老爺爺看完信，拿下老花眼鏡，看了看貝拉與莫樂多，說道：「這個來自非洲的小女孩談了對《灰姑娘》的看法，《灰姑娘》講的是一個小女孩母親去世後，她的父親給她娶了個後母，後母有兩個愛慕虛榮的女兒，她們總是虐待可憐的灰姑娘，讓她幹很多又髒又累的活，後來王子要舉行舞會挑選妃子，一個小仙女願意幫助灰姑娘。她用魔法變出了南瓜馬車和水晶鞋，又給灰姑娘變出了美麗的晚禮服，還把她打扮得美美的去赴王子的舞會。仙女提示灰姑娘要在午夜十二點魔法消失前離開皇宮。在舞會上，王子愛上了美麗的灰姑娘。在午夜前灰姑娘逃離了皇宮，駕著南瓜變的馬車回家了。但她在舞會上遺落了一隻水晶鞋，後來王子挨家挨戶地尋找鞋子的主人，終於找到了灰姑娘，並娶了美麗的人兒為妻。」

老爺爺接著說：「這個非洲的孩子在信裡說，她是個皮膚黝黑的女孩，生活在非洲，她叫自己是『黑姑娘』，她說舞會上王子愛上的是經過仙女用魔法打扮過的漂亮人兒，所以，王子愛上的其實不是原來那個有著灰皮膚、平凡的女孩。她擔心王子如果在午夜魔法消失後見到那個平凡的女孩，是否依然會堅定對她的愛？她覺得作為皮膚黝黑的普通女孩，她在這個故事裡得不到安慰，她是多麼希望王子不僅僅是因為灰姑娘的外貌而愛上她，關於這個問題一直很困擾她！」

貝拉與莫樂多聽了，也陷入了沉思。一會兒，貝拉說：「是啊，王子確實是愛上了變美後的灰姑娘，如果那個女孩真的很平凡，他的愛是否還能一如既往呢？」

莫樂多也撓撓腮、摸摸鼻子，嘴巴邊還留著一排白白的牛奶沫子，看樣子，他也一臉的迷糊！

童話老爺爺似乎也沒法提供現成的答案，他說：「這就是我的工作不容易做的地方，你們看，童話總是這樣看上去簡單而美好，但要真的從各

個角度拷問起來，很多問題還真難回答，但誰叫我是所有童話故事的掌管呢人呢！這樣，為了給那個孩子一個滿意的回答，我將派你們去故事中執行一個特殊的任務！」

「特殊的任務？」貝拉和莫樂多一聽頓時來了精神，老爺爺說：「你們去稍稍改變一下故事的順序，看一看王子對灰姑娘的愛是否經得起考驗。」於是老爺爺如此這般地交代了一番，就送貝拉和莫樂多上路了。

貝拉與莫樂多被送到了舞會的現場。此刻參加舞會的各路嘉賓紛紛入場，而灰姑娘的南瓜馬車也正在趕往舞會的路上。這時，王子正穿著便服匆匆趕往宮殿。今天他微服訪問了一個村莊，此刻他要趕回皇宮，換上舞會的禮服參加宮廷裡舉辦的舞會。今天的舞會意義非凡，國王舉行舞會，邀請了都城裡所有單身女孩的來參加，王子要在今天的舞會上挑選他未來的妻子。

這時，一個宮廷裡打掃衛生的老人摔倒了，灰姑娘的兩個姐姐正好經過老人的身邊，老人發出了痛苦的哀鳴，向她們發出求助的聲音，希望她們能攙扶他去看醫生，可灰姑娘的兩個姐姐在經過老人身邊時卻無動於衷。大姐對老人說：「快，我們可沒時間幫你，要知道今天可是我們最重要的日子，萬一遲到了王子就被別的女孩搶走了！」

另一個姐姐附和道：「就是，年紀一大把走路不小心，摔倒了活該！」她們交談著，步履匆匆從老人的身邊走過。過了一會兒，來了一輛漂亮的南瓜造型的馬車，一位美麗的女孩從馬車裡下來，她看到受傷的老人，趕緊走上前去，攙扶這位老人上了她的馬車，她要帶著老人去看醫生。老人搖了搖頭對美麗的姑娘說：「謝謝您，好心的姑娘，您趕快去赴王子的舞會吧，王子要在舞會上挑選他未來的妻子呢！」

可灰姑娘卻說：「沒關係，老人家，還有什麼比人的生命與健康更重要呢？錯過了王子，也許我還能遇到一個平凡但深愛我的人！」老人聽了非常感動，而這一切都被經過這裡站在街道拐角的王子看在眼裡，王子記住了這個美麗的姑娘的容貌和她的馬車。

舞會開始了，王子的目光一直在搜尋那位好心的女孩，可是她一直沒有出現，王子和所有的女孩跳了舞，但他的心裡卻若有所失，他是多麼希望那位好心人兒此刻能出現啊！

就在這時，大廳的門打開了，美麗的灰姑娘走了進來，王子看到了，非常地高興！他走上前去誠摯地邀請灰姑娘跳舞。他們跳了一曲又一曲，彼此深深地被對方吸引。

其實那個受傷倒在地上的老人是莫樂多喬裝打扮的，剛才灰姑娘用馬車送「老人」去看醫生，在路上奔波，所以遲到了，而莫樂多又悄悄離開醫院，在皇宮外面和貝拉會合。這回他們要去做一件「冒風險」的事情。

他們悄悄地潛伏到舉行舞會的大廳，貝拉靈巧地爬上高高的牆壁，把報時的大鐘撥慢了十分鐘。

灰姑娘和王子一曲一曲親密地起舞著，隨著時間的流逝，灰姑娘不時看著時鐘，她想在最後十分鐘時離開這裡，因為時間一到，她身上的魔法就會消失，而她的馬車也會變回南瓜了！

可灰姑娘做夢也沒想到報時的鐘被人撥慢了，此刻分明已經是午夜十二點了，可時鐘顯示離十二點還差十分鐘，就這樣灰姑娘在王子面前變回了原樣，她的華麗的禮服變回了女傭的衣服，雪白的皮膚也變回了原來的灰色！

灰姑娘發現了自己的變化，窘迫地轉身，她要逃離這個讓她出了洋相的大廳。可就在這時，王子卻一把拉住了她的小手，王子說：「請不要走，我愛的就是有著金子一般善良心靈的人兒，我不需要她穿著華麗的禮物，因為再華麗的衣服都是金錢可以買到的；也不需要你變得白皙美麗來迎合我的眼光，因為再美麗的容顏也會有老去失落的一天；只有純潔、善良的心靈才是永恆不變的財富，誰也帶不走，它是真正幸福、快樂的源泉，請接受我最真摯的愛！」

灰姑娘聽到王子這段誠摯的表白，她緩緩回過頭，這時，她已經淚流滿面，她更加深愛眼前這位善良的王子。

皇宮裡所有人都為王子和灰姑娘的相愛歡欣鼓舞，當然，那兩位壞心腸的姐姐除外，此刻，她們兩個正恨得牙齒咯咯響呢！

國王為王子和灰姑娘舉行了盛大而隆重的婚禮，兩個相愛的人兒從此幸福快樂地生活在一起。

而貝拉和莫樂多呢，哈，據說他們後來混進了婚禮現場，貝拉一高興喝了個酩酊大醉，而莫樂多呢，肚子吃得圓鼓鼓的，還打起了嗝！

酒醒後的第二天，他們拿出各自的鈴鐺，搖了搖，又敲了敲，回到了童話老爺爺的身邊。

八、驕傲的小天鵝

貝拉與莫樂多回到地下童話圖書館，在裝滿童話書籍的房間裡卻看不到童話老爺爺的身影。兩個小傢伙拍了拍身上的灰塵，每次他們旅行回來，身上總是沾滿塵埃。他們走出房間去尋找爺爺。這時，他們看到走廊的一個房間裡放射出一絲光亮，他們進去後，發現這是一個畫室，裡面擺滿了許多美麗的圖畫，地上到處堆滿了繪畫用的彩筆和顏料。老爺爺正坐在一張大大的桌子前，好像在畫著什麼。

老爺爺看到他們的到來，非常高興，對他們在《灰姑娘》故事裡的出色表現大加讚賞。貝拉和莫樂多看到老爺爺正在畫一張畫，莫樂多拿起畫看了看，發出了由衷的讚歎：「哇，老爺爺沒想到您還是個大畫家呢！」

原來老爺爺的畫裡畫了一隻漂亮的小天鵝，小天鵝在湖心悠閒地划著水，旁邊有一群小鴨子跟隨著牠，看表情好像還非常崇拜小天鵝呢！

貝拉看了畫也讚歎道：「老爺爺，這張畫真的好漂亮啊！」

老爺爺聽他們讚美他的畫，樂呵呵地從鼻樑上拿下老花眼鏡，說道：「哈，記得在我小時候，曾聽外婆給我講過一個《醜小鴨》的故事，聽了這個故事我當時特別同情可憐的醜小鴨，你看故事中所有的動物都欺負牠，遠離牠，不和牠做朋友，真的好可憐！」

莫樂多聽了，也點了點頭，他說：「記得老村長以前也在篝火前給我們講過這個故事，說一隻醜小鴨從蛋殼裡孵出來後，牠的媽媽嫌牠醜不要牠，鴨群們也都嫌棄牠，沒有人和牠作伴。後來牠來到一個破舊的農家小院，認識了『貓紳士』和『雞太太』，而『貓紳士』嫌牠不會『喵喵』叫，『雞太太』笑牠不會生雞蛋，因為牠們覺得這樣才可以取悅主人，獲得在破屋中生存下去的權利。後來醜小鴨離開了破屋，在小湖裡認識了牠的同類——美麗的白天鵝，從牠們的口中牠知道自己其實是一隻天鵝。而牠也終於蛻變成一隻最美麗的白天鵝！故事中有一句話是『一顆好的心是永遠不會驕傲的。』直到現在還讓我很感動呢！」

貝拉敬佩地看著莫樂多，他覺得莫樂多知道的真多，老爺爺聽了也很讚賞，從一個抽屜中拿出一本童話書，翻開中間一頁，在《醜小鴨》的一頁書中，夾著一張摺好的信紙。看得出信紙放得有些年頭了，都發黃了。老爺爺對他們說：「孩子們，這是我小時候讀這個故事時寫下的一點困惑，今天我偶然整理書櫃看到了這本童話集子，看到童年的自己寫的文字，真的很感慨啊！」

貝拉問爺爺信裡都寫了些什麼，老爺爺告訴他們，當他像貝拉和莫樂多這麼小的時候有一次聽到這個故事，非常同情故事中的醜小鴨，他覺得醜小鴨被所有的動物看不起，實在太可憐了。信裡說希望自己將來成為一個童話作家，到那時就寫一個幸運兒的故事，讓那隻可憐的天鵝一出生就漂漂亮亮的，集萬千寵愛於一身。哈，如果這樣，那醜小鴨不就成了世界上最幸運、最快樂的天鵝了？老爺爺說到這裡神情有點激動，眼神裡閃閃發著光芒！

於是貝拉與莫樂多就請求爺爺，讓他們帶著爺爺小時候的願望進入故事，給醜小鴨一點意外的驚喜。老爺爺高興地點了點頭，對他們說：「孩子們，我正有此意！」說著將自己的畫交給他們，並對他們說：「你們去故事中找到那枚即將孵出醜小鴨的蛋，當醜小鴨出生時，這張畫會變成一面鏡子，牠只要照一照這面鏡子，就會變成和這張畫裡的小天鵝一樣美麗的樣子，這，就算是我送給醜小鴨和童年的自己的一份小禮物吧！」

貝拉與莫樂多愉快地點了點頭，鑽進神奇的滑梯出發了！這回他們降落在一個故事中的森林裡，一條小溪正好潺潺地流過身邊。遠處是一望無際的麥田，金黃金黃的。此刻正是夏天，很多鳥兒在森林和田野裡飛來飛去。貝拉與莫樂多站了起來，抖一抖身上的塵埃。他們發現不遠處鴨媽媽正在孵化著一隻又一隻小鴨子。不斷地有小鴨子從蛋殼裡孵出來，探著好奇的腦袋，看著這個新奇的世界！貝拉發現此刻鴨媽媽開始孵一枚特別大的蛋，這時一隻老鴨子步履蹣跚地走了過來，對辛苦的鴨媽媽說：「您孵這枚蛋可是用了太久的時間了，牠老是不裂開。請你看看別的吧。」

可鴨媽媽還是堅守著自己的崗位，這時蛋殼好像破了一個洞，醜小鴨要出生了！貝拉和莫樂多商量起來，他們決定引開鴨媽媽，於是莫樂多跑到遠處躲在草叢裡，學著公鴨的叫聲叫了起來，這下，鴨媽媽上當了，她激動地說道：「啊，難道是孩子們的爸爸良心發現來看我和孩子們啦！」說著她撲搧著翅膀，循著聲音跑了過去。

貝拉於是利用這個機會跑到了那醜小鴨的面前，對剛剛孵出的醜小鴨說：「親愛的醜小鴨先生，哦不，應該是美麗的小天鵝先生，請您照照鏡子看看自己長得多漂亮吧！」

貝拉看到剛出生的小鴨子形象確實有點難看，毛也不齊，嘴巴扁扁，從鴨子的角度看確實是個另類。小傢伙聽貝拉這麼說於是就來到老爺爺的畫變的鏡子前，照了照自己的模樣，一下子醜小鴨變成了漂亮的白天鵝！渾身上下長出了雪白的羽毛，脖子也變得長長的，真是漂亮極了！

這回我們不能再叫牠醜小鴨了，而是應該叫牠美人小天鵝！那邊，鴨媽媽撲空了，空歡喜一場，回到蛋殼邊，她看到自己剛出生的孩子如此的漂亮，激動萬分，她高聲地讚美道：「真是太美了，我的孩子，我敢說你是世界上最美的鴨子，我為你驕傲！」

小天鵝聽到鴨媽媽這麼說就有點得意了，牠揮了揮小小的翅膀，高高地抬起了頭。

這時一群小鴨子也游了過來，牠們看到自己的同胞長得像個選美冠軍，都很高興，大家圍繞著小天鵝不停地讚美牠，大家都為自己的家族出了一個美人而驕傲，當然，在驕傲中也夾雜著一些小小的妒忌。

小天鵝於是大搖大擺地邁起步伐，看樣子好像是一個威武的將軍在聽屬下的彙報。這回，牠來到了一個養雞場，在養雞場的院子裡兩個雞家族正在為一個鱔魚頭搶得不可開交。這時一隻山貓出現了，山貓制止了大家的爭搶，並對大家說：「這裡來了一個派頭十足的美人兒，我敢打賭這個美人一定有著西班牙貴族的血統，大家看——這就是正在昂首闊步的小天鵝！」

於是大家同時停下了爭搶，山貓還諂媚地將鱔魚頭獻給小天鵝，可小天鵝卻不屑一顧地對大家說：「作為一個有著貴族氣質的美人兒怎麼會吃這骯髒又腥味的東西？」說著鼻孔裡還發出了鄙夷的聲音，大家被牠這麼一奚落都默默地離開了這裡，牠們都覺得在小天鵝高貴的氣質前，自己顯得非常非常土氣。有一隻小雞還悄悄地模仿起小天鵝的步伐，只是走了幾步被一根木條給絆倒了，這樣大家就更相信人家高貴的氣質是天生的，因而更加崇拜起眼前的「貴族」來了！

漂亮的小天鵝似乎成了森林裡的傳說。大家紛紛從不同的地方趕來一睹美人的風采。而小天鵝因為領受了眾人的崇拜，更加地顯得驕傲自滿起來，從此牠看人從來都是高高昂起頭，用眼睛的餘光傲慢地瞟別人一眼。

這一天，小天鵝踱著步來到了一個農家小院，牠看到裡面有一隻「貓紳士」和「雞太太」，牠們一個正在「喵喵」地練習發聲，貓紳士介紹說自己練好了發聲將來要成為一個了不起的歌唱家；而雞太太呢，正在努力的練習孵蛋，她說，這樣將來就可以成為一個稱職的母親。牠們都在為自己的理想努力學習著，小天鵝看到了，臉上卻顯出一副鄙夷不屑的神情，牠高傲地說道：「你們這麼努力地學習還不是為了贏得人們的尊敬，你們看我現在已經非常漂亮了，崇拜我的人都排起了隊，我為什麼還要那麼辛苦地學習呢？」

貓紳士和雞太太聽到小天鵝這樣說卻繼續自己的練習，因為牠們知道，作為平凡的人只有努力練習技能，才能在將來有一席立足之地。

這一天，貝拉與莫樂多在湖邊的草地上聊天，遠遠地看到小天鵝昂首闊步地走來，這時湖心有幾隻同樣美麗的天鵝在追逐打鬧著，小天鵝看到和自己一樣漂亮的同類，非常意外！牠想：世界上居然還有和我一樣漂亮的鴨子呀！於是走上前去和牠們打招呼。

那群天鵝看到小天鵝，就停下打鬧來和牠聊天。牠們問了許多問題，比如這片森林叫什麼名字？今年冬天天鵝們將會在哪裡過冬？在哪裡可以吃到美味的野葡萄等等等等，而小天鵝居然一問三不知。對於牠的無知，牠的同類們露出了輕視的表情，其中一隻天鵝對牠說：「要知道作為天鵝，美麗的外表只是先天賦予的，但如果僅僅滿足於擁有一副漂亮的皮囊，而荒廢了學習，又怎能在大自然中立足呢？」

說完後，牠們揮舞著翅膀，離開了這裡。小天鵝看到自己的同類飛走了，心裡有無限的傷感，在湖心孤獨地游曳著，不知道自己要去哪裡。

貝拉與莫樂多看到這幅情景，都若有所思。貝拉對莫樂多說：「多多你看，我們原先以為醜小鴨可憐就給牠送去了幸運，但也因為這份幸運來得太容易了，反而使牠驕傲和自滿起來，荒廢了學習。你看光有一個漂亮的外表，腦子裡空空如也，最終也是會被人瞧不起的！」

莫樂多也點了點頭，他說：「沒錯啊，拉拉，相比起來，其實一開始的不如意也許更能激發一個人奮鬥的志向，從長遠來說逆境對人是有益的！」

兩個人看到小天鵝在湖心黯然的神情，無奈地搖了搖頭，拿出各自的鈴鐺搖一搖，碰一碰，回到了地下童話圖書館。

九、猴王競選

貝拉與莫樂多回到地下童話圖書館，童話老爺爺非常高興地歡迎他們歸來。此刻，爺爺的書桌上那本記錄醜小鴨的童話書還打開著，他們看到書中一張插圖上畫著貝拉與莫樂多坐在湖邊的草地上，在湖心一隻漂亮的小天鵝正孤獨地游曳著，神情看上去是那麼地落寞，老爺爺歎了一口氣，對他們說：「唉，從這個故事看來，其實上天對每一個人都是公平的。你們看，醜小鴨正因為小時候不好看，所以牠懂得了謙卑，通過勤奮和努力反而成為了人人尊敬的天鵝；而小天鵝呢，正因為小時候條件太優越了，反而對誰也瞧不上，在大家努力學習時，牠反而沾沾自喜於天生的美貌，最後成了驕傲、膚淺的天鵝，沒有人願意和這樣的人交朋友，看來過於優越的環境反而害了牠呀！」

老爺爺說完，合上書，從鼻樑上拿下老花眼鏡，溫和地笑了笑。貝拉和莫樂多點了點頭，他們都從這個故事中得到了啓示。

老爺爺接著對他們說：「孩子們，在前面的一系列故事裡你們做得非常棒，我想你們也一定很辛苦了。這樣吧，我放你們幾天假，到外面玩玩吧。」

莫樂多一聽老爺爺的提議，非常高興，他摸了摸紅紅的大鼻子，開心地說：「好啊！我還沒好好參觀一下陽光森林呢，這可是貝拉成長的地方呀！」

貝拉也高興地點了點頭，他也想到森林裡走走。

貝拉和莫樂多走出地下童話圖書館，來到了森林裡。此刻正是傍晚，陽光穿過樹葉的縫隙，照射到碧綠的草地上，月亮湖在逆光下粼粼閃爍著金子般的光芒。漫步在草地上，貝拉卻好像有什麼心事，莫樂多看到了，猜想貝拉一定是想爸爸媽媽和夥伴們了。於是他就問貝拉：「拉拉，你一定是想念爸爸媽媽和夥伴們了吧？你放心，我們一定能在童話故事裡找到他們的。只是，他們到底在哪個故事中呢？」

這也是貝拉最困擾的地方，貝拉點了點頭，默默地走著。這時他們來到了一個山坡上，這裡曾是長頸鹿琪琪和綿羊西西經常待的地方。走著走著，貝拉忽然看到地上有一個什麼東西在閃閃發亮，他走過去，撿了起來。仔細一看，只見這是一塊瓷片，上面用湛藍色畫著一個奇怪的圖案「西」，貝拉和莫樂多看不懂圖案的意思，貝拉想：這是誰留下的呢？

慢慢地，天黑了。他們爬上月亮湖旁邊的一棵大樹，斜靠在樹上，兩個人甩著腳，享受著夏日涼風的吹拂。貝拉手裡把玩著這個瓷片，他隱隱地感覺這個瓷片裡似乎隱藏著一個重要的線索，但到底是什麼呢？

他把想法告訴了莫樂多，決定去圖書館找童話老爺爺，看看老爺爺會怎麼說。

於是他們來到了地下圖書館。這時他們發現老爺爺正在修復一個大大的瓷瓶，許多碎片被老爺爺拼接起來，可是這個瓷瓶缺了一塊瓷片，看到補好後還是缺一個角的瓷瓶，老爺爺發出了惋惜的歎息聲。貝拉看到這一幕就走過去，將自己撿到的那一小片瓷片交給老爺爺，對爺爺說：「老爺爺，您看缺的是不是這一塊？」

老爺爺看到這片瓷器非常驚喜，他將貝拉撿到的瓷片鑲嵌到缺損的地方，不大不小正合適，那個圖案和瓶子上原先的圖案合起來正好是一個完整的圖案。老爺爺介紹說，這圖案的文字是中國的象形文字「西遊記」三個字，《西遊記》是文明古國中國的一個民間神話故事，講述的是一隻從石頭裡蹦出的猴子，因為得了天地靈氣，非常聰明和有志氣，後來他跳進奔流的瀑布發現了瀑布裡的水簾洞，被猴群們推舉為猴王，尊稱他為美猴王。美猴王因為感慨生命的短暫，在老猴子的指引下，去大海上的仙島拜師學藝。通過刻苦的學習，終於學會很多神奇的法力。又去東海龍宮，借來了定海神針金箍棒作為兵器，終於成了一個本領高強，能上天入地、呼風喚雨的厲害角色，後來他還協助偉大的唐朝僧人去西天取經，一路上降妖伏魔，克服重重困難，出色地完成了使命，成了人人敬仰的大英雄！」

爺爺接著指了指拼接好的瓷器對他們說：「你們看這個瓷器上的圖案，描寫的就是美猴王孫悟空，在花果山上和猴子們快樂嬉戲的場面。」貝拉和莫樂多仔細端詳這個瓷器上的圖案，發現上面的圖案非常漂亮，猴子的描繪更是活靈活現。老爺爺說，可惜這個來自中國的精美瓷器被打碎了，這可是非常珍貴的青花瓷呢！

貝拉與莫樂多聽了老爺爺對《西遊記》和美猴王的介紹，非常神往，他們都想一睹故事中美猴王的風采。他們請求爺爺送他們去花果山走一趟。貝拉還說自己為有這樣一個了不起的同族驕傲呢，去了正好可以向他學習學習。

老爺爺想了想，點了點頭，答應了。

於是他們走進神奇的輸送滑梯，在老爺爺的咒語中踏上了去花果山的路。

「嗖！」貝拉與莫樂多降落在一個風景秀美的山坡上，前面一大群猴子正圍在一起好像在商議著什麼。貝拉看到這麼多猴子同類，非常開心，就和莫樂多走了過去。這時，他們聽到一隻老猴子在對在大家說話：「傳說這個瀑布的後面有一個寶洞，誰如果有膽量跳過去，並且還活著回來，就推舉誰為花果山的大王！」

猴子們齊刷刷地看了看前面奔流的瀑布，一個個面露懼色，沒有人回應這個提議。這時猴群裡一隻金黃色的猴子站了起來，看樣子他好像要冒這個險。這時貝拉正踩在一塊高高的石頭上，面對著瀑布。他心想，這隻猴子相貌出衆，雙眼炯炯有神，一定是童話爺爺介紹的美猴王孫大聖吧！

正想著，忽然覺得後面有東西頂了他一下，不禁一個踉蹌，整個人晃蕩起來。在晃蕩中猛回頭看了一眼，卻意外地看到了老朋友綿羊西西。貝

拉大吃一驚，這一驚竟使他腳下一滑，整個人朝瀑布飛去，一下子撞進了瀑布裡面。貝拉在瀑布裡面站穩後，發現自己來到了一個神奇的地方：裡面很開闊，還陳設著石台石椅，兩邊居然還有兩幅他看不懂的象形文字，左邊是「花果山福地」，右邊是「水簾洞洞天」。貝拉跳出瀑布，對大家說了他的發現，於是大家都紛紛跳了進來，大家為貝拉的發現歡呼雀躍！

這回，大家要推舉誤打誤撞進來的貝拉，做他們的猴王。貝拉連忙拒絕，他知道真正的猴王不是他，而是後來叫做孫悟空的那隻石猴才對。因此他趕緊推讓，說那隻金黃色的猴子，比他更合適做這裡的大王。可石猴卻偏偏不幹，他說這樣做上大王難以服眾。這時那隻老猴子出來講話了，他說：「二位的心情我都很理解。其實選舉大王的目的，只是想選擇一個有魄力、有膽識的猴子來做領袖。二位不管願不願意，都沒法改變選擇領袖的傳統。這樣吧，我們來一場公平的競賽，誰勝出了誰就是未來領袖！」

大家聽了也覺得這個提議很好，貝拉和石猴也覺得這樣非常公平，就答應了。老猴子於是說道：「在東方的大海上有一個仙島，島上住著一位偉大的法師。據說法師通曉世上一切法術，誰如果能最終找到這個仙島，並拜法師為師，學習到厲害的法術，誰就能成為花果山猴群們當之無愧的大王。」貝拉和莫樂多商量了一下都覺得這個提議很好，不但可以增長見識，還可以學到真本事，於是就答應了下來。而石猴呢，更是高興，因為他是一隻有高遠志向的猴子，聽說能拜高人學習法術，高興得不得了，於是兩人都答應了下來，決定次日天亮就出發。

到了晚上，貝拉跳出瀑布，找到了老朋友綿羊西西，問西西怎麼會在這裡，有沒有他爸爸媽媽和夥伴們的消息？西西告訴他，那日大夥兒在童話爺爺的地下圖書館看童話書，他看到老爺爺房間裡有一個非常漂亮的青花瓷器，看到上面花果山的圖案就非常嚮往，後來一不小心打破了瓷器，看到瓷器裡藏著一個神奇的寶盒，上面寫著「故事輸送盒」，因為怕老爺爺怪責自己的冒失，就帶著寶盒跑出圖書館，在山坡上一時起了玩心，打開了盒子，結果一道強光，「嗖」一下子就到了故事中的花果山來了。白天，西西看到貝拉站在石頭上，非常驚喜，想和他打招呼，卻沒想到又因為自己的冒失把貝拉送進了瀑布。

貝拉聽了西西的話，責怪了西西，要他以後沒有別人的同意不要動別人的東西，而出了問題選擇逃避更是不對的行為，西西紅著臉保證以後不敢了。貝拉於是對西西說要他在花果山等他回來，到時候他們就帶他回陽光森林，並親自向童話老爺爺道歉。西西慚愧地點點頭答應了。

第二天天亮了，貝拉和莫樂多一組、石猴一人各自出發了。

他們走了很久，終於來到海邊，他們向海邊的漁民打聽，終於打聽到在大海的遠處確實有一個仙島，島上有一座山叫做「靈台方寸山」，山上住著一位偉大的法師叫做菩提老祖，於是他們買了一葉小舟，向著大海的另一邊划去。

後來大海裡起了大風狼，小舟被掀翻了，貝拉和莫樂多抓到了大海裡的一截木頭，漂了三天三夜後終於漂到了一個海島上，而石猴呢，卻失蹤了。兩人都很為石猴難過。他們來到島上，發現這個島上住著一位偉大的魔法師，很多年輕的學子都漂洋過海來拜師學藝，於是他們也拜在這位魔法師的門下，學到了很多魔術的技巧。

那麼，石猴怎樣了呢？原來，石猴被風浪捲到了另一個海島上，這回他歪打正著找到了真正的菩提大師，通過大師悉心的指導和他自己勤奮的練習，終於學到了七十二般變化和騰雲駕霧的本事，成了一隻本領高強的猴子。

三年後他們都回到了花果山，花果山為他們舉行了猴王大賽。貝拉和莫樂多的魔術表演果然精彩非凡，贏得了猴子們陣陣的掌聲。可石猴演示的法術那可叫真本事，把貝拉和莫樂多還有猴子們看傻了眼。最後石猴勝出，成了花果山真正的大王。貝拉也對石猴的本事心悅誠服，並給石猴取了個美稱：花果山美猴王！

美猴王和貝拉與莫樂多成了最要好的朋友，他和群猴一起極力挽留他們在花果山過快樂自由的生活，但貝拉和莫樂多想到還要到不同的故事中行俠仗義，貝拉更因還沒找到爸爸媽媽和夥伴們，心事未了，就婉謝了美猴王的好意。他們拿出鈴鐺，抱著綿羊西西一起回到了地下童話圖書館。

十、紙牌國大戰紅桃皇后

貝拉和莫樂多一個拉著綿羊西西的腿，一個拽著西西的角把牠帶回了地下童話童書館，童話老爺爺看到他們回來非常高興。綿羊西西對老爺爺坦白了打破瓷器的事情，並交出童話故事穿梭盒。西西請求童話老爺爺的原諒，老爺爺原諒了西西，但告誡西西以後可要改正這個毛病，出了事採取逃避的態度更是不負責任的做法。西西慚愧的低下了頭，發誓以後一定改正。

老爺爺又樂呵呵地對貝拉和莫樂多說：「好了，對於你們在故事《西遊記》裡的表現我很滿意，相信你們也見識了美猴王的風采！」貝拉點了點頭，對爺爺說：「其實作為一隻石猴和其他的猴子最大的區別不是出生的不同，而是他高遠的志氣激勵著他不斷地充實和完善自己，他最後成為花果山的領袖是他努力的結果！」

老爺爺很讚許貝拉的見識，他拿起一個大大的放大鏡，打開厚厚的童話書，翻到其中一頁，用放大鏡對著其中一張插圖研究起來，並對大家說：「孩子們，你們看，在這張插圖裡我發現了什麼？」

貝拉和莫樂多發現這故事叫《愛麗絲夢遊仙境》，書中的插圖描繪了一個奇幻的場景：在樹叢中好像有一個個黑黑的洞穴，在洞穴的外面的草地上有一串腳印。綿羊西西眼尖，牠驚叫了一句：「這不是長頸鹿琪琪的腳印嗎？」

童話老爺爺說：「西西那天帶走的『童話故事穿梭盒』其實是我故意藏在花瓶裡的，這個盒子和一隻懷錶是一對寶器，由於這兩個寶貝法力很不穩定，所以，為了不讓好奇的人拿去玩耍時出意外，我就把它們藏在瓷瓶裡。現在西西歸還了盒子，童話懷錶卻還沒找到。我推測一定是失蹤人中誰拿走了懷錶，拿走的人在開啓懷錶時啓動了蘊藏在其中的法力，集體將他們送進了某個故事中去了！昨晚我翻閱了大量的童話故事，甚至還找了部分傳奇的小說，在這個故事的插圖中找到了這串奇怪的腳印，因為這個故事中原本是沒有長頸鹿出現的，所以我推測這些腳印是不是你的朋友琪琪留下的。」

貝拉問爺爺：「這個故事講的是什麼內容？」爺爺介紹道：「講述了小姑娘愛麗絲追趕一隻揣著懷錶、會說話的白兔，掉進了一個兔子洞，由此墜入了神奇的地下世界。在這個世界裡，喝一口水就能縮得如同老鼠大小，吃一塊蛋糕又會變成巨人。在這個世界裡，似乎所有吃的東西都很古怪。她還遇到了一大堆人和渡渡鳥、蜥蜴比爾、柴郡貓、瘋帽匠、三月野兔、睡鼠、素甲魚、鷹頭獅、醜陋的公爵夫人。兔子洞裡還另有乾坤，她在一扇小門後的大花園裡遇到了一整副的撲克牌，牌裡粗暴的紅桃王后、老好人紅桃國王和神氣活現的紅桃傑克（J）等等。在這個奇幻瘋狂的世界裡，似乎只有愛麗絲是唯一清醒的人。她不斷探險，同時又不斷追問『我是誰』，在探險的同時不斷認識自我，不斷成長，終於成長為一個『大』姑娘的時候，猛然驚醒，才發現原來這一切都是自己的一個夢境。」

貝拉和莫樂多聽了爺爺的介紹都覺得這個故事非常夢幻，兩個人希望爺爺能送他們進這個故事走一遭，一方面可以尋找琪琪的蹤跡，另一方面他們也想親自去故事中感受這種夢幻般的感覺。

爺爺同意了他們的要求，只是要他們在故事中不要輕易喝會變小的水，更不要吃下會變成巨人的蛋糕，爺爺說：「切記啊切記！」

爺爺留下了綿羊西西，要西西做爺爺的幫手一起將老書搬到房子外的草地上曬一曬。

於是貝拉和莫樂多懷著好奇坐上滑梯出發了。這回他們正好降落在兔子洞的外面，兩個人從草地上爬起來，腳還沒站穩，眼前一隻粉紅眼睛的兔子匆匆從前面跑過，邊跑邊大聲的自言自語：「快，快，可要遲到了！」說著話鑽進了兔子洞。貝拉和莫樂多剛想和兔子搭話呢，兔子已經跑進了洞裡不見了。這時，後面一個金黃頭髮的小女孩跑了過來。小女孩好像在追兔子，緊跟著兔子也跳進了洞裡。貝拉看到地上留著長頸鹿的腳印，他和莫樂多一起也縱身跳進了洞穴裡。

兔子洞裡像個走廊。貝拉和莫樂多進去後，沒有發現兔子和小女孩的蹤跡。他們就走啊走，卻一不小心雙雙掉進了一個深井。這個深井好像永遠沒有盡頭，貝拉和莫樂多一直往下掉啊掉，掉了很久很久。那麼到底有多久呢？貝拉在掉的過程中和莫樂多聊了他成長中所有有意思的事情，每一個事情都加上了細節的描繪。而莫樂多呢，耐心地等貝拉講完，給貝拉講了矮人村發生的所有趣聞，細節的描述比貝拉還詳細。就這樣他們掉啊掉，終於「叭」一下，他們雙雙落到了地面。當他們站起來時，發現了剛才的那個小女孩。小女孩看到還有人掉進來，非常開心，就自我介紹說自己叫愛麗絲，貝拉和莫樂多也介紹了自己，他們決定一起旅行。

他們決定去找剛才的那隻兔子，因為，就是追趕兔子才使得他們掉進了洞穴，可是當他們往前走，拐了個彎，卻發現自己來到了一個大廳。大廳四周的門全鎖著。這時，大家發現大廳裡有一張三條腿的桌子，桌子上放著一把金鑰匙。他們用金鑰匙打開了一張帳篷後面的小門，可門實在太小了，他們三人誰也進不去。這時莫樂多對大家說：「你們看，桌子上有個瓶子，瓶子上寫著『喝我』兩個字！看樣子瓶子裡的水好像被人喝過一小口。」

他們三人決定一人一口，共赴風險，貝拉和莫樂多完全忘記了童話老爺爺的告誡，喝了下去。這回他們三人同時變得很小很小。

於是他們就從小門進去，進入了一個漂亮的花園，在花園裡貝拉發現了剛才拚命趕路的兔子。這回兔子先生居然換了一身打扮，穿上了一身牛仔的服飾，正鬼鬼祟祟地躲在一叢花草的後面，張著脖子在偷偷地張望。

愛麗絲躡手躡腳地走到兔子後面，狠狠拍了一下兔子的屁股，兔子被嚇了一大跳，差點嚇暈過去。兔子看是他們，就做了個「噓」的動作，要他們不要喧嘩，接著指了指前面說：「看到前面的宮殿沒有？我的好朋友就被關在裡面。今晚皇宮裡要舉行舞會，我要打扮成貴賓混進去，救出我的朋友。」

貝拉問兔子他的好朋友是誰？兔子說是一隻長頸鹿叫琪琪。貝拉和莫樂多一聽非常高興，他們總算是找到了琪琪的蹤跡。兔子說，琪琪是不小心掉進去的。他從背心口袋上取下一隻懷錶，對他們說這是琪琪丟的，救出琪琪後，要還給他。貝拉一看懷錶，猜想這可能就是童話老爺爺說的「童話故事輸送懷錶」。

大家在花叢的後面開始策劃起晚上的營救行動。

晚上，造型奇特的月亮慢慢爬上了天空，花園裡陸續來了許多華貴的馬車。從馬車裡下來一些穿著華麗、表情怪異的傢伙，皇宮裡的衛士是紙牌長方形的平板變的。他們將嘉賓迎進了大廳。這時，一架超豪華的加長型南瓜馬車來到皇宮前面停下。從馬車裡下來了一夥人，看他們的樣子好像是一副麻將牌變的，他們介紹自己是來自東方的麻將國，是一群發了橫財的生意人，特來拜見這裡的國王和皇后。於是士兵將他們迎進了大廳。

舞會開始了。

舞會的女主人是傳說中美豔的紅桃皇后。皇后從旋梯上出來後，開始發表演講。她說：「各位，今天邀請大家來參加舞會，是因為我們的衛兵抓住了一個闖入者，一隻花斑的長頸鹿居然也敢來闖我們的地下紙牌王國，現在他已經被我們的宮廷舞師訓練成了會跳滑稽舞蹈的小丑，今天我們就先欣賞一段有趣的滑稽舞吧！」說著，皇后就咳嗽了一下，四個紅心的衛兵押解著一隻打扮滑稽的長頸鹿從邊門出現了。貝拉一看，差點叫出聲來，這不就是他的好朋友長頸鹿琪琪嗎？

只見琪琪穿著一條不合身的短裙，腳上穿著四隻加長的高跟鞋，臉上還被畫上了滑稽小丑的臉譜。琪琪一出現，大廳裡就爆發出一陣哄笑聲。皇后聽到笑聲，非常得意。她看了看皇帝的表情，見皇帝也在開懷大笑，更加地得意了。於是她下令表演開始，琪琪旁邊的宮廷舞師用鞭子抽了一下琪琪的屁股，琪琪被迫開始舞蹈。可憐的琪琪踩在高跟鞋上，連走路也扭扭捏捏，一不小心摔了個跟頭，大廳裡頓時又爆發出一陣哄笑聲。琪琪又是扭屁股，又是踢跳著蹄子，總之樣子怎麼彆扭牠就怎麼來，嘴上還發出了誇張的「咕嘎咕噶」的叫聲，這舞蹈也太不和諧、太滑稽了。就在這時，來賓中有人大聲說了一句話：「哈，這個舞蹈如果有人和牠一起跳的話，效果一定更好！」

大家循聲看去，只見一隻衣著華貴的扁臉猴在說話。皇后同意他的申請，讓他加入舞蹈。猴子來到長頸鹿的身邊，對長頸鹿使了個眼色，琪琪一看原來是老朋友貝拉，高興極了。貝拉用眼神提示琪琪裝著不認識他。

於是貝拉和琪琪一起跳起了舞蹈，兩個傢伙你一扭我一扭的，有時是頭碰頭，有時又是屁股對對碰，比剛才更滑稽了，人群再次爆發出熱烈的喝彩聲。就在這時，貝拉跳上了琪琪的背部，拍了拍琪琪的脖子，琪琪就向著皇后的方向衝去。大家開始還以為這是表演，直到琪琪衝到皇后面前，轉過身用後蹄結結實實地踢到了皇后的肚子上，皇后這才意識到兩個舞者是要攻擊她。大廳裡頓時亂作一團。紙牌士兵跑進來要抓貝拉和琪琪。琪琪在貝拉的指揮下，趕緊往大廳外面跑。外面，兔子先生、愛麗絲還有莫樂多已經在馬車上等候。馬車由兔子先生駕駛。等他們一跨上馬車，就一溜煙地向花園外飛奔而去。後面紙牌軍隊也紛紛駕著馬車追殺過來，皇后親自站在馬車的車頭指揮。她恨不得活捉搗亂者，再把他們大卸八塊呢！

馬車順利地駛進了他們來時的小門。可後面紙牌軍隊也是前腳後腳要殺進來了。就在這時，愛麗絲從衣服口袋裡拿出了一塊蛋糕，還拿出了一桿小秤，她掰了一點蛋糕放到秤裡，開始稱起來。大家看情形這麼危急了，她怎還有心思做遊戲或者實驗，都顯得十分緊張。莫樂多問：「你這是做什麼呀？一人一口也不夠吃啊！」

愛麗絲還在緊張地擺弄著。她對大家說：「這是吃了可以長大的神奇蛋糕，我們吃了就可以變大了，這樣我們就不怕這些小紙牌人了。但這個蛋糕可不能吃太多，否則就會變成超級巨人，我可沒有變回來的藥啊！」

大家聽了都非常高興。愛麗絲根據每人的大小給大家一塊稱好分量的蛋糕。大家吃下後，只聽到「嗖」一聲都變回了原樣，只是莫樂多好像稍微多吃了一點點，變得比原來的樣子稍微大了一點，你看，他的鞋子都有點撐破了！

追趕的軍隊在皇后的帶領下衝進了小門，卻看到一群「龐然大物」突然出現在眼前，一看到大自己十幾甚至是幾十倍的大塊頭們，衆人嚇呆了，於是他們趕緊掉頭，落荒而逃。慌亂中皇后還弄丟了臉上的假睫毛、假牙、假鼻樑。哈，原來這個皇后也是整容發燒友，一個十足的「後天美女」呀！

大家看到敵人逃走了，都高興得哈哈大笑起來。貝拉和琪琪久別重逢更是非常開心。琪琪告訴貝拉，那天綿羊西西打破了童話老爺爺的瓷瓶後，她發現了一隻精美的懷錶，好奇地將懷錶打開，還把時間撥到十二點整，結果「嗖」的一下子被送進了這個故事裡。大家進來後，都很驚訝，結果貝拉的爸爸再次打開懷錶，這時所有的猴子也一起消失了。琪琪於是到處尋找猴子們，結果掉進了這個兔子洞裡了。而兔子先生見到懷錶後在洞裡找到了琪琪，琪琪因為好奇喝了一點點神奇的縮小藥水就進了紙牌國，結果被衛兵活捉了。

大家聽了琪琪的講述，都釋然微笑了。貝拉更是高興，雖然他一時還沒有父母的消息，但畢竟有了一絲線索。兔子先生提示大家可以從走廊的一扇小門離開這裡，大家於是走進了小門，在黑暗中走了很久很久，終於離開了地下王國，回到了來時的草地上。

愛麗絲要告別大家，她說還有很多作業沒做，要趕回去寫作業，因為暑假只有最後三天了。兔子也跟大家告別，牠還有一家大小等著牠回去做晚飯呢！

貝拉、莫樂多還有長頸鹿琪琪告別大家，搖著鈴鐺，三人從故事中消失，回到了地下童話圖書館，回到了老爺爺的身邊。

十一、大鬧玩兒國

貝拉、莫樂多帶著長頸鹿琪琪回到了地下童話圖書館，在圖書館外面的草地上，他們發現老爺爺正在給綿羊西西唸書裡的故事。地上則曬著許多打開的故事書。

老爺爺看到貝拉、莫樂多帶著長頸鹿琪琪回來了，非常高興，笑著說：「哈，琪琪，你終於回來啦！」

琪琪將懷錶還給爺爺，爺爺接過懷錶對大家說：「你們看，只要將懷錶時間撥到十二點整，它就會將人送到不同的故事中。但這隻懷錶和那個盒子一樣，性能不穩定：有時會把人送進傳奇小說裡，更可怕的是送進恐怖故事中。在沒修好之前，使用它可有點危險。」

說話間，莫樂多看到爺爺手裡的一本書，上有一張插圖吸引了他，就問：「爺爺，您在給西西唸什麼故事啊，看插圖好像很好玩的樣子。大家看，書裡好像還有一個長鼻子的木頭人呢！」

老爺爺笑了笑，說：「哦，呵呵，這個故事叫做《木偶奇遇記》，我正在給西西唸呢。故事講的是一個木匠將一塊能說會笑的木頭雕琢成一個木偶人，取名叫匹諾曹，木匠賣了自己的大衣給匹諾曹換來了課本和鉛筆，希望木偶孩子能好好念書，做一個有學問的人。可這個小傢伙可貪玩啦，他居然變賣了書本去看表演。後來木偶人在仙女的幫助下決心成為一個真正的男孩，但前提是他要具備誠實的美德。仙女說，如果撒謊，他的鼻子就會變得很長很長。後來匹諾曹和一群孩子搭馬車去玩兒國旅行，在那裡因為貪玩他變成了一隻毛驢。總之，經過各種風波和曲折，匹諾曹慢慢地懂得了誠實品德的重要性，最後在鯊魚的肚子裡，他勇敢地救出了自己的父親，成了一個真正誠實、勇敢的男孩，從此過著幸福快樂的生活！」

老爺爺頓了頓接著說：「我唸這個故事啊，其實是想告訴西西，誠實是一種美德，不要像故事中的匹諾曹，變成愛撒謊的長鼻子木偶！」

大家聽了爺爺的話都點了點頭。莫樂多好像還有疑問，他眼珠轉了轉，抹了抹紅紅的鼻子笑著問爺爺：「爺爺，您故事中提到的『玩兒國』是個什麼地方啊？」老爺爺說：「呵呵，玩兒國呢，可是一個神奇的地方，那兒沒有學校，那兒沒有老師，也沒有書本。在那裡孩子們永遠不用學習。星期四不用上學，一個星期有六個星期四和一個星期日。你想像一下吧，寒假從一月一號放到十二月最後一天。」

莫樂多眼睛發出光芒，他想：世界上還有這麼好玩的地方嗎？他接著問爺爺：「那，爺爺，玩兒國的孩子們整天都做什麼呀？」老爺爺說：「孩子們啊，除了吃就是睡，然後整天玩啊！」

「太棒了！」貝拉和莫樂多幾乎是同時大叫了起來，他們都嚮往起這個叫「玩兒國」的地方了，希望能去走一遭。

這時老爺爺從口袋裡拿出一封信。打開後，對大家說：「孩子們，這是故事中的木偶男孩匹諾曹寫給我的信。」

「故事中的人也能給您寫信？」大家都很驚奇，老爺爺哈哈大笑起來，說：「當然啦，你們別忘了我可是管理所有童話的爺爺呀，他們當然可以和我溝通啦！只是，他們也是在夢中給我寫信，也許，他們醒來後也忘了呢！」老爺爺於是拿出信唸起來：

親愛的童話老爺爺：您好！每當我撒謊時，我的木頭鼻子就變得老長老長，我知道這是仙女對我不誠實的懲罰。我決心徹底改正這個壞毛病，因為我想做一個真正的男孩！但我想在徹底改變自己的壞毛病之前問您一下，我能不能最後撒一次謊？而我希望，這一次撒謊是善意的，如果您允許，我將非常高興！哦，對了，可愛的仙女去參加世界仙女大會了，我直接寫信給您，非常冒昧，請您諒解！

信的末尾署名是：希望變成真正男孩的木偶匹諾曹。

老爺爺讀完信，對貝拉和莫樂多說：「孩子們，你們不是嚮往『玩兒國』嗎？我打算送你們去那裡走一趟，讓你們創造一個機會來成全他的心願。」

貝拉和莫樂多一聽能去玩兒國，別提多興奮啦。他們答應了老爺爺的要求，回到地下圖書館，坐上滑梯，踏上了旅程。

他們降落在一片草地上。這時，一駕馬車正好從他們身邊駛過，疾馳的馬車差點撞到還沒站穩的莫樂多。馬車跑到前面，忽然停住了，從車裡下來一個木偶人和一個小男孩，他們看到莫樂多跌倒了，連忙上前向他道歉，然後又自我介紹起來。木偶人說自己叫匹諾曹，小男孩叫小燈芯。他們問貝拉和莫樂多要打算去哪裡，要不要搭他們的便車，貝拉說是要去玩兒國呢。木偶人一聽高興極了，他邀請貝拉和莫樂多同行。當他們上了馬車，才發現馬車裡面早已擠滿了一堆孩子，孩子們一個個都瞪著圓圓的大眼睛，好奇地看著他們，原來他們都是去玩兒國的。貝拉和莫樂多好半天才在孩子們屁股之間的縫隙裡擠了個位置坐下。馬車繼續出發了。一路上大家聊起將去的玩兒國都十分興奮，都希望能早點到達那裡。

馬車疾馳了整整一天，終於到達了傳說中孩子的天堂——玩兒國。在城裡他們發現這裡果然是個非常自由、快樂的地方，這裡到處都是提供孩子們玩樂的設施，有碰碰車、海盜船還有旋轉木馬等等等等，孩子們成群結隊地跑來跑去，發出陣陣歡樂的笑聲。貝拉和莫樂多被歡快的氣氛感染也變得興奮異常，於是跟著這些瘋玩的孩子們放肆地玩鬧起來，這樣一玩就玩了半個月。

這一天，城裡來了一個賣塔形糖果的大鬍子男人。他一邊叫賣一邊重重地敲響一塊木頭。聲音吸引了很多孩子來圍觀。貝拉、莫樂多、匹諾曹和小燈芯也在圍觀的人群裡面。只見這個男子重重敲響了木頭，開始吆喝起來：「來啊，來啊，大家來看啊，這可是世界上最最美味的塔形糖果，吃了塔形糖果你就成了世界上最最聰明的人啦！來買啊，來買啊！」

孩子們聽了吆喝，一個個都饞得流下了口水。可他們摸摸口袋，都沒錢呢，只能圍著大鬍子的擔子流口水。這時，人群中一個孩子大叫一聲：「我、我買一塊！」大家循聲看去，原來是小燈芯在喊叫。看得出他已經無法抵擋糖果的誘惑了，小燈芯從口袋裡拿出一枚硬幣，交給賣糖果的人，那男子於是給了他一塊塔形糖果。在大家的注視下，小燈芯美美地舔了舔，接著就吞下了糖果。匹諾曹羨慕得都要流下眼淚了。可是他口袋裡空空如也。小燈芯吃完糖果，興奮地大聲宣佈：「太好吃了，我打賭這一定是世界上最最美味的糖果！」

孩子們聽到小燈芯的話，更是嘴饞得不行，大鬍子看再沒人來買了，就挑著擔子走了。

四人又接著逛起街來，可是沒多久，貝拉和莫樂多還有匹諾曹發現小燈芯腦袋上有了奇怪的變化。當走到河邊時，他的一隻耳朵變成了大大的驢耳朵，而當他們走到一座橋上時，他的另一隻耳朵也變成了驢耳朵！貝拉、莫樂多還有匹諾曹都發現了這個變化，可誰也不敢告訴小燈芯，怕他知道了自己的變化會受不了。

就這樣，他們走下了大橋，來到一條繁華的街道上。街道兩旁有許多商店，裡面賣的都是小孩子喜歡的玩具。他們四人走到一個商店前，小燈芯從商店櫥窗上玻璃的倒影看到自己的樣子，簡直不敢相信自己的眼睛，於是他驚慌地問匹諾曹：「親愛的皮皮，你看到我的樣子有什麼變化嗎？難道，是我把一隻驢看成是自己了？」

貝拉和莫樂多趕緊向匹諾曹使使眼色，暗示他不要說出真相，怕小燈芯知道了接受不了。匹諾曹於是連忙頓了頓，拍了拍小燈芯的肩膀對他說：「沒、沒有啊，你不是好好的嗎？」說完後，匹諾曹還故意誇張地笑了笑，小燈芯聽了就放下心來。四人繼續往前走，可誰知，匹諾曹的鼻子卻在他說完這句話後長出了一截。小燈芯發現了，就問他：「匹諾曹，你的鼻子怎麼又長啦？難道你什麼時候撒謊啦？」匹諾曹摸了摸自己的長鼻子，有點沮喪地說：「哈，沒、沒有呢？我已經決定要做個誠實的孩子了，鼻子長可能是昨天不小心被頑皮的小孩拉的吧！」

小燈芯聽了有點將信將疑。這時馬路邊的胡同裡忽然竄出一個藍眼睛的小男孩，他看到小燈芯長著驢耳朵，就大聲地嘲笑他：「哈，你們看那，一隻驢像人一樣在馬路上走啊！」

小燈芯看了看周圍，又看了看小男孩，發現男孩子說的就是他，他紅起了臉，轉身又問匹諾曹：「皮皮，你說這個小傢伙是不是在說我呢？」貝拉和莫樂多這回慌了，他們怕小燈芯萬一知道真相，接受不了，發起狂來可就糟糕了！兩個人於是又趕緊給匹諾曹使了使眼色，匹諾曹接著又不得不圓起謊來，他對小燈芯說：「你別聽這個小孩胡說，他分明說的是貝拉和莫樂多呢，你看他們在跳滑稽的驢子舞呢！」匹諾曹說完趕緊示意貝拉和莫樂多配合，貝拉和莫樂多連忙彆扭地跳起舞來，一個扭起了屁

股，一個晃起了腦袋，兩個人嘴巴裡還學著驢叫：「烏魯魯！烏魯魯！嘎嘎！」

結果這一跳，惹得馬路上所有的孩子都來圍觀，大家都被這滑稽的表演給逗笑了，可貝和拉莫樂多還有匹諾曹卻在心裡暗暗叫苦，他們想：「糟糕啦，這樣下去，可收不了場了！」

就在這時，不知道誰大喊了一聲：「停！」大家循聲看去，發現是長鼻子的匹諾曹在喊叫，他的鼻子什麼時候又長出了一截，匹諾曹面對人群，說話了：「我決定不再撒謊了！因為我要做一個誠實的人！」說完，他轉身對小燈芯說：「我的好朋友，我誠實地告訴你，你確實變成了一隻驢，你看，你的耳朵又大又黑，滑稽極了！」

小燈芯於是摸了摸自己的耳朵，發現後，一下子嚎啕大哭起來。他無法接受自己的變化。匹諾曹接著說：「我們為了不讓你擔心，就隱瞞真相，但我發現，如果你不正視發生在自己身上的事情，是永遠無法找到解決問題的方法的，而不斷地圓謊卻讓我們陷入可怕的惡性循環。」貝拉和莫樂多聽了匹諾曹的話，都為他的改變高興，儘管他們一時也想不出拯救小燈芯的辦法。就在這時，人群開始騷動起來，那個賣糖果的大鬍子帶著一幫氣勢洶洶的大漢擠進了人群，大鬍子對大漢們說：「哈，快看啊，抓住那個饞嘴的傢伙，這就是你們馬戲團需要的會表演的黑驢啊！」

於是，四個大漢朝小燈芯撲了過來，所有的孩子看到這一幕都大叫起來：「快逃啊，快逃啊，可惡的驢販子來啦！」孩子們紛紛跑過來，有的抱大漢的大腿，有的扯賣糖果男子的大鬍子，還有的拉大漢的褲子，結果一用力一個大漢的褲子被拉了下來，露出了花斑點點的粉紅內褲，人群頓時爆發出一陣大笑。貝拉、莫樂多、匹諾曹還有變成驢腦袋的小燈芯趕緊撒腿快跑起來，他們跑出這條街，向著城外的護城河跑去。後面驢販子們掙脫了孩子們的圍堵，追了過來，可護城河上沒有橋，貝拉他們跑到河邊，發現自己沒有了退路，好像只能束手就擒了。這時貝拉靈機一動，對匹諾曹說：「快，快，皮皮快撒謊！撒了謊你的鼻子就長了，這樣我們就可以抓著你的鼻子爬到對岸去！再把你拽過來！」

匹諾曹心有靈犀，於是開始痛快地撒起慌來，他大聲地說道：「我是一個真正的男孩，我可不是木頭做的木偶人，我從來不撒謊，我沒有賣掉課本去看表演，我是世界上最最誠實的孩子！」說著，匹諾曹的鼻子越來越長，一直長到河對面的岸上，於是貝拉提示大家趕快從匹諾曹的鼻子上爬過去。就這樣，小燈芯在前、莫樂多第二、貝拉斷後都爬了過去，可是那群驢販子此刻已經跑到匹諾曹跟前，他們伸出大手，眼看就要將匹諾曹抓住了！

那邊，貝拉和莫樂多還有小燈芯拽緊了匹諾曹的鼻子，大家喊：「一、二、三，拉！」一下子將匹諾曹拉了過來。幾個大漢一下子撲了個空，紛紛掉進了下面河裡。

匹諾曹被一拉，向河對岸飛來，在空中他大聲喊道：「我發誓我要做個誠實的孩子——」結果他一落地，摔了個仰面朝天，大家跑過來扶他，小燈芯驚奇地對匹諾曹說：「皮皮，你看，你的鼻子變短了，而且你變成了真正的男孩子！」匹諾曹聽了摸了摸自己的鼻子，又在河水裡看了看自己的倒影，他驚喜地發現，自己果然變成了一個真正的男孩子！

而小燈芯呢，大家發現他也變回了原來的樣子，原來驢販子的迷藥已經失去藥效了。

大家看到對岸的驢販子們，一個個狼狽地爬上岸，在河邊歇斯底里地嚎叫。四人都樂得哈哈大笑，貝拉回頭對匹諾曹說：「皮皮，在馬路上你忽然對小燈芯說出了實話，我們可是捏了把冷汗啊！」莫樂多也點了點頭，男孩匹諾曹哈哈大笑了起來，他熱情地抱了抱小燈芯說：「哈，我發現其實謊言根本解決不了問題，只有面對事實，我們才能找到解決的辦法。而在河邊的撒謊嘛，還是有點用的，因為只有這樣才能救出大家呢！這，還得感謝貝拉你的好主意呢！」

大家於是開心地大笑起來。匹諾曹和小燈芯看到自己來時的馬車就停在城外的森林裡，於是決定回去。貝拉和莫樂多呢，則決定回到童話老爺爺身邊。他們揮手告別。馬車載著匹諾曹、小燈芯還有一起來的孩子們在歡聲笑語中駛向遠方，而貝拉和莫樂多則拿出老爺爺給的鈴鐺，搖了搖，又碰了碰，「嗖」的一下子，回去了。

十二、傳奇故事爺爺來訪

貝拉和莫樂多搖著金色的鈴鐺，回到了童話圖書館，童話老爺爺樂呵呵地迎接他們，老爺爺說：「哈哈，太好了，可愛的匹諾曹終於變成了真正的男孩，而你們也巧妙地幫他實現了願望，我很欣慰啊！」

貝拉和莫樂多高興地眨眨眼，各自摸摸自己的鼻子。兩個小傢伙聽到老爺爺對他們行動的讚許，心裡都很有成就感。莫樂多說：「這次好驚險呢，要不是貝拉提示，說不定我們就被驢販子抓住了。哈，貝拉的腦瓜子就是好使啊！」

貝拉聽到莫樂多對他的誇獎，臉紅得像個大蘋果，他對大家說：「哈，也沒有啦，不過人在著急時還真的會有意外的好主意呢！這就叫急中生智吧！」

老爺爺點了點頭。這時門外走廊裡傳來了「咣噹」「咣噹」的腳步聲，聲音有點沉。聽到這個聲音，童話老爺爺高興地說：「難道，是他來了?!」

貝拉和莫樂多剛想問這個人是誰，門就被人推開了，一看來人，兩人都吃了一驚！

原來，來的是位老人，他有著大大的肚子，黑黑的鬍子還打成捲。哦，對了，最奇怪的是，這位老人頭上纏了一圈長長的布，像個帽子又像是頭巾。童話老爺爺看到來人，熱情地迎了上去。貝拉看到兩位爺爺一個白鬍子，一個黑鬍子，對比強烈，而兩個人肚子都很大，兩個老爺爺站在一起，看上去很是滑稽。童話老爺爺熱情地做起介紹，他把貝拉和莫樂多介紹給黑鬍子老爺爺，然後介紹這位爺爺說，他是來自阿拉伯的民間傳奇故事爺爺，名叫克魯達。莫樂多問爺爺：「民間傳奇故事也有掌管者嗎？」童話爺爺說：「當然啦，我這位老哥可是個大英雄呢，要知道，傳奇故事可比童話故事驚險刺激多了，他喜歡冒險，故事圈裡的人喜歡叫他『愛冒險的老傢伙』哈哈！」

克魯達老爺爺聽了哈哈大笑，眼睛瞇成了一條縫，他爽朗地說：「哈，大家都這麼叫我，誰叫我管理那些神奇的故事呢！說實話有時我進了故事都差一點回不來了！」

大家聊著聊著，天也慢慢地黑了下來。童話老爺爺在壁爐生起了火，還準備了一大桌豐盛的晚餐。森林裡新鮮的水果，被童話老爺爺加工成了餐桌上色香味俱佳的美味佳餚。

傳奇故事爺爺克魯達好像餓壞了：他吃了五個蘋果、六根香蕉，還吃了整整一大盤子土豆泥，又喝了滿滿五大杯水果酒，臉紅彤彤的打起嗝來。這下，他才注意到貝拉和莫樂多在直勾勾地瞪著他。他們被老爺爺的好胃口嚇了一大跳，都不禁哈哈大笑起來。莫樂多好奇地問克魯達老爺爺：「爺爺，白天您說自己好幾次差一點從故事裡出不來了，您的故事都很驚險刺激嗎？」貝拉也使勁地點點頭，接著問：「是啊是啊，都是些什麼故事呀？」

黑鬍子老爺爺說道：「我掌管的故事啊，每一個都很驚險。比如說吧，在傳奇的故事中，有許多怪物也有許多寶貝。作為全世界傳奇故事的掌管者，我有時要去各個故事中巡查一下，看看那些怪物是否老老實實地待在原來的故事裡，而有些寶物更要檢查一下，如果丟了我就要把它找到。前幾天，我去了一趟《天方夜譚》裡的〈漁夫的故事〉，想看一看那個魔瓶是不是還在大海裡飄著，有沒有被海盜給撈起來了？」

貝拉問爺爺：「您說的《漁夫的故事》講的是什麼呀？」莫樂多馬上接著說：「是啊是啊，還有那個寶瓶是怎麼回事呢？」

克魯達老爺爺繼續說：「哦，這個故事，講的是一個漁夫在大海裡捕魚時，撈到了一個瓶子。這個瓶子啊可真夠沉的，他打開這個瓶子卻發現裡面空空的，什麼也沒有。可就在這時，瓶子裡卻冒出一個面目猙獰的魔鬼。這個魔鬼說要殺死這個漁夫呢！」

貝拉和莫樂多聽到這裡，眼睛睜得老大，貝拉關切地問：「那、那個可怕的魔鬼有沒有殺死這個可憐的漁夫呢？」

克魯達爺爺接著說：「魔鬼要漁夫自己選擇死法，看來這個可憐的漁夫是在劫難逃啦！」

「那後來呢？」莫樂多捏了一把冷汗，問道。

「漁夫問魔鬼為什麼要殺他呢？魔鬼說他因和偉大的所羅門王作對，就被所羅門王關進了這個瓶子，並被扔進了大海。在第一個一百年，魔鬼許願，誰救了他就讓誰終身享受榮華富貴。可是一百年過去了，沒有人來解救他。於是第二個世紀時，魔鬼說，誰要是救他出去，就指點他世界上所有的寶藏。可是還是沒有人來救他。在第三個世紀時魔鬼又說，這回誰救他出去，他就滿足那個人的三個願望。可是這回他還是落空了。這回魔

鬼憤怒了，他說：『這回誰救我出去，我就殺了誰！哼！』結果很不巧，這個漁夫卻打開了瓶子，放出了魔鬼。魔鬼要殺死漁夫，但允許漁夫挑選死法。」

貝拉說：「那漁夫真的好可憐啊！他被殺死了嗎？」

克魯達老爺爺睿智地看著貝拉和莫樂多，問他們道：「孩子們，我早就聽說你們是最最聰明的好孩子，如果你們碰到這種情況會怎麼做呢？」

貝拉和莫樂多聽到這裡，兩個人眨了眨大大的眼睛，貝拉摸了摸頭皮，莫樂多抹了抹紅紅的大鼻子，莫樂多想了想說道：「如果我是那個漁夫，我就狠狠的摔碎那個寶瓶，魔鬼沒有了藏身之所，不就完蛋啦？」

旁邊的童話老爺爺聽了樂呵呵地說：「哈，不行不行，你想魔鬼只有從瓶子裡出來才能禍害別人，你毀了寶瓶，以後就沒有辦法收服他啦！」

貝拉聽到這裡，眼珠子轉了轉，說：「魔鬼不是說可以挑選一種死法嗎？那我就對魔鬼說，我要在臨死前和他玩猜題遊戲，如果我輸了，我就願意被他殺死，如果我贏了他就要放了我，哈！對，就這樣！我想魔鬼雖然厲害，可是他被關了四百年，一定被關傻了，我就出一道最最最難的題目給他，他如果解不出來，也許我還有一線生機呢！」

克魯達老爺爺讚許地點了點頭，對貝拉說：「嗯，這個主意好！也許還真能救你一命呢！利用魔鬼自身的弱點來擊敗他是高明的辦法！」

爺爺一說，貝拉特別高興，莫樂多說：「看來啊，我要向貝拉學習，這個主意太棒啦！那，爺爺，那個漁夫又是怎麼做的呢？他最後成功了嗎？」

克魯達老爺爺舉起酒杯和童話老爺爺碰了一下杯，「咕咚」喝下一大口水果酒，接著說：「那個漁夫啊，特別聰明，他知道世界上的魔鬼都貪慕虛榮，於是就對魔鬼說不相信他是從瓶子裡出來的，因為瓶子這麼小，而魔鬼這麼大，哈哈！」

貝拉問爺爺：「那魔鬼怎麼做，難不成他要鑽回去，證明自己的本事吧？」

老爺爺說：「哈，正是這樣啊。魔鬼於是鑽進了膽瓶，漁夫急忙把瓶子蓋上了，這回魔鬼就再也出不來啦，哈哈！你們說這個漁夫是不是很聰明呢？」

溫暖的壁爐散發著金黃的光芒，大家都哈哈大笑起來。貝拉和莫樂多都很佩服漁夫的智慧。克魯達老爺爺一邊和他們愉快地聊著，一邊和童話老爺爺碰杯喝酒。兩個老人都喝了不少酒，整整一大罈子酒都被他們喝光了。

貝拉和莫樂多還沉浸在美妙的故事中，他們還有很多問題要問克魯達老爺爺呢。可兩位老爺爺卻因喝了很多酒，都趴在桌子上「呼呼」大睡起來。

貝拉和莫樂多看到兩位老人呼呼大睡，只得站起來，準備去森林裡走走，他們還要討論這個故事中對付魔鬼的種種辦法呢！

他們來到圖書館的外面，這時一彎新月明晃晃地掛在樹梢上。遠處，山坡上有什麼東西在閃著光，一明一滅的。這引起了貝拉和莫樂多的注意，這是什麼呢？

十三、膽瓶裡的祕密

貝拉和莫樂多懷著好奇，走了過去。走近後，他們發現是一個圓鼓鼓的瓶子在閃著光。貝拉俯身撿了起來，藉著月光，他們看到這是一個漂亮的膽瓶。瓶子圓鼓鼓的，瓶口細長，上面鑲嵌著各種顏色的寶石，寶石在月光下反射著耀眼的光芒。

貝拉舉起瓶子在月光下看了看，他不知道這個瓶子是做什麼用的，於是又交給莫樂多。莫樂多接過來看了看，用左手手指在瓶子上彈了彈，瓶子發出了「鐺鐺」的聲音，聲音清脆，像個樂器，在寧靜的森林裡和著溪流的流水聲，顯得格外的悠揚。貝拉摸摸自己的頭皮，眨了眨大大的眼睛，問道：「這是誰丟的瓶子呢？真漂亮！」莫樂多也一臉的疑惑，說：

「是啊，這個瓶子鼓鼓囊囊的，裡面一定裝了什麼好玩的東西吧？」

貝拉靈機一動，說：「對啦，這該不會是克魯達老爺爺故事中裝魔鬼的膽瓶吧？」莫樂多一聽，嚇了一大跳，差點把瓶子扔到地上，他聲音顫抖地說：「難、難道真是裝魔鬼的瓶子？」貝拉看莫樂多嚇呆的樣子，不禁哈哈大笑，說：「哈，瞧你嚇的，我想不會吧，那個瓶子可待在故事裡呢！你忘了，克魯達爺爺說那個瓶子，後來被漁夫扔到大海裡去了，怎麼又會出現在這裡呢？哈哈！」

莫樂多一聽，也眉開眼笑，他說：「是啊，哈哈，其實就算魔鬼出來了我也不怕，我們可以動腦筋對付他勒！」

月光下，這個奇怪的瓶子閃閃發著光芒，這讓兩個小傢伙更加好奇起瓶子裡到底裝了什麼。莫樂多使勁晃了晃瓶子，瓶子裡面卻沒有動靜，但這個瓶子倒是挺沉的，莫樂多說：「我看我們把這個瓶子交給兩位爺爺，問問他們是誰丟了瓶子，走吧！」

貝拉點了點頭，說：「不過，多多，難道你就不好奇這個瓶子裡的祕密，不想打開瓶子看一看嗎？」

莫樂多說：「想看啊，但萬一——」

莫樂多說到這裡，停住了。貝拉看出莫樂多的糾結，就拿過瓶子，說道：「哈，你是說萬一出來個魔鬼我們就完了是吧？」莫樂多臉紅了，搖了搖頭，鼻子裡重重的呼出一口氣，樂呵呵地說道：「對，我也想會會那個妖怪呢！再說，如果裡面出來一個好玩的精靈不就更好嗎？我們就有玩伴啦！」

貝拉伸手打開了瓶蓋，他眯起眼睛朝裡面看，又搖了搖瓶子，可裡面黑乎乎的什麼也沒有。莫樂多拿過瓶子也眯起眼睛往裡看，果然也沒看到什麼東西。這回，兩個小傢伙都哈哈大笑起來，他們覺得自己剛才的擔心是多餘的，於是也沒有蓋上蓋子，而是把瓶子往草地上一放，兩個人就躺在草地上看月亮。這時，不知從哪裡傳來一個聲音「滴溜溜」，貝拉坐起來問莫樂多：「多多，你聽到什麼了嗎？」莫樂多環顧四周，目光落在了那個漂亮的瓶子上。他對貝拉說：「拉拉，你、你、看這、這是什麼？」

貝拉循聲看去，只見瓶子裡一縷黑煙冒了出來，而且整個瓶子在搖晃，聲音就是瓶子搖晃發出來的！

黑煙越冒越多，升騰到半空彙集起來，最後黑煙裡冒出了一個可怕的「怪物」，這個怪物有兩個尖尖的角，眼睛瞪得像銅鈴，鼻子翹得像竹筍，樣子猙獰極了。只見這個怪物伸伸懶腰，還打了個大大的哈欠，看到貝拉和莫樂多，發出了可怕的笑聲：「哈哈哈哈，是你們把我放出來的吧！你們完蛋啦！」

貝拉哆嗦著問：「你、你是、是誰啊？」

怪物說：「我，哈哈，我是魔鬼，以前我和所羅門王作對，專做壞事，後來被關進了這個瓶子五百年了，沒想到今天我又出來啦！哈哈，還是出來舒服啊！在第四百年時，一個狡猾的漁夫把我放了出來，後來又把

我騙了進去。在瓶子裡我發誓，再也不上人類的當了，所以我現在要直接弄死你們。作為魔鬼，行動是最重要的，和人類對話我老是吃虧！哼！」

貝拉和莫樂多這才知道眼前這個魔鬼就是克魯達爺爺故事裡的那個傢伙了。貝拉於是問：「那，你不讓我們挑選死法啦？這好像有點不公平啊！」莫樂多也使勁地點頭，附和著說道：「不、不公平！」

魔鬼猙獰地哈哈大笑起來，說：「公平？一百年前，我讓那個漁夫挑選死法，這樣很公平吧？可是他卻欺騙了我，你看公平的後果就是我又被關了一百年，整整一百年啊！」

莫樂多問魔鬼：「一百年確實夠久的，那你關在裡面都做什麼呢？」

魔鬼頓了頓，翹起眉毛，說：「其實待在裡面是很無聊的，我大部分時間用來睡覺，實在睡不著就只好數自己的頭髮！」

貝拉和莫樂多看到魔鬼的腦袋上果然長了一頭密密麻麻、雜七雜八的頭髮，貝拉幽幽地說道：「這一頭的亂髮可夠你數的！」

魔鬼說：「好啦，你們話真多，我要下手啦，我再不下手施展施展，都快忘了自己是魔鬼這個事實了！」

貝拉搶著說道：「如果你不是魔鬼，那你是什麼呢？」

魔鬼聽了貝拉的發問，就說：「如果我不是魔鬼，那我就什麼都不是啦！」

貝拉說：「不對，如果你永遠是魔鬼，而魔鬼生來就要殺人的話，那你說的那個索拉拉大王——」「是所羅門大王！」魔鬼糾正道。

「那個所羅門大王就不會把你關在瓶子裡，關你這麼久了，他一定會當時就殺死你，這樣你永遠不會禍害別人的生命了！」

魔鬼聽了，覺得有點道理。他問道：「那你說，他關我這麼久是為什麼？」

貝拉接著說：「很簡單，他是希望你在裡面好好反思，魔鬼之所以叫魔鬼，是因為他們會殺人專做壞事，如果你既不殺人，又不做壞事了，那你不就不再是魔鬼了嗎？如果你不再是魔鬼，你還會被關在這個瓶子裡嗎？」

魔鬼一聽，陷入了沉思。他頓了頓，舉起自己黑黑的粗手，摸摸自己的腦袋，說：「嘿！這個小傢伙說的好像很有道理哦，所羅門王之所以沒有殺死我，他難道對我還存有希望？希望我變好了，從此不再做魔鬼？」

莫樂多受到貝拉的啓示，說道：「是啊，其實做不做魔鬼並不取決於所有門牙王——」「是所羅門王！」魔鬼再一次糾正道。

「是啊，其實你可以決定自己是什麼？如果你老是幹著殺人的勾當，你當然是魔鬼；那，如果你老是做好事，那你不就是天使嗎？」

魔鬼重重地點了點頭，卻又憂鬱地說：「可是我長得一點也不像天使。我知道天使都長得美美的，他們肯定不要我的！」

貝拉說：「錯，這個想法太錯誤啦！天使稍微好看點，當然更好，但決定他是不是一個天使，是看他的內心是否善良。再說，其實現在也不是五百年前啦，現在長成你這樣的才夠酷呢！瞧你的頭髮，多炫啊，多有個性！」

魔鬼聽了他們的話，樂呵呵地自我感覺很好，就決定不殺他們了，而且他很感激兩個小傢伙能開導他，他決定做一個天使。貝拉看到魔鬼臉上洋溢著笑容，就提議說：「走吧，我帶你去見見故事爺爺，告訴他們你不再做魔鬼的決定，他們一定很開心呢！」

「好啊！」魔鬼也很開心，於是他們就來到了童話圖書館，兩位爺爺都醒了，正在喝著熱氣騰騰的牛奶敘舊呢。

看到貝拉抱著一個瓶子，身後跟著莫樂多和魔鬼。他們嚇了一大跳。貝拉趕緊對兩位老人說：「兩位爺爺不要慌張，他可不是來害人的，這位魔鬼先生準備不再做魔鬼啦！」

魔鬼又臉紅了，問兩位爺爺：「可、可以嗎？我不害人是否就不是魔鬼啦？」

克魯達老爺爺聽到魔鬼這麼說，露出了慈祥的笑容，他高興地說：「當然啦，為你高興啊！你是什麼取決於你怎麼做，沒有人永遠是魔鬼，做好人是永遠有機會的！」

童話老爺爺於是提議道：「這樣吧，我剛剛研製出了一台新機器，叫做精靈美容儀，我給你做個美容，再給你取個新名字，這樣你就可以『洗心革面』重新來過啦！」

魔鬼一聽非常開心。大家來到爺爺的實驗室，這裡果然有一台漂亮的新機器。於是魔鬼就坐到機器的椅子上，繫好安全帶，爺爺就發動了機器。「呼隆隆」一陣運動，機器停止後，一個漂亮的小牛仔從座椅上下來。「哈，長得真帥！」大家不禁齊聲讚歎。

小牛仔也很高興。童話老爺爺說：「再給你取個新名字吧，新的人生要有個響亮的名字呢！」

大家都贊同爺爺的提議，爺爺於是說：「你變成了牛仔，名字裡要有個牛字，你以前是魔鬼，雖然你要重新做個好人，但你也不能忘記自己的過去，所以名字裡保留一個『魔』字，以後你要做自己的主人，所以送你一個『王』字，這樣你就叫『牛魔王』吧！」

「好啊！」「好啊！」大家都覺得這個名字又好聽又有意義。童話老爺爺接著說：「榜樣的力量是無窮的。孩子，新的人生，你需要結交積極向上的新朋友。這樣吧，在東方的花果山，有個美猴王叫孫悟空，他通過自己的努力取得了非常了不起的成績，你去和他做鄰居，向他學習，我相信你一定也會變得非常優秀的！」

牛魔王聽了非常開心。最後他告別大家，坐上童話老爺爺的故事輸送機——滑滑梯，向著花果山出發了。

送走了獲得新生的牛魔王，大家都很高興，貝拉忽然想起那個瓶子，他撿起瓶子，問克魯達老爺爺：「爺爺，這是您丟的吧？」

老爺爺樂呵呵地說：「是啊，實在抱歉，我太糊塗了。但你們做得非常好，只有讓一個人內心改變才是真正的救贖，看來許多故事中對付妖魔鬼怪的方法是要改一改了！」

大家都哈哈大笑起來。這時月光灑進窗台，一陣微風送來了夜來香的芬芳。

十四、驚槍之狼

第二天，克魯達老爺爺要走了，貝拉和莫樂多還有童話故事老爺爺來送行，克魯達老爺爺揮手和大家告別。之後，大家來到地下圖書館。貝拉一人站在書架前默默地發呆。莫樂多知道貝拉的心事，他關切地問貝拉：「拉拉，不要灰心，我相信我們一定會最終找到你的父母和夥伴們的！」

童話老爺爺對他們說：「孩子們，你們過來看！」貝拉和莫樂多來到老爺爺身旁，老爺爺手上正拿著一本翻開的書本，爺爺說：「你們看這幅插圖。」

貝拉和莫樂多，看到書中的插圖上，畫著一隻大灰狼打扮成老奶奶的樣子，躺在小屋的床上，好像在等待著誰的到來。

莫樂多一看，眼睛一亮，說道：「哦，這一定是故事《小紅帽》裡的大灰狼吧！這個故事我以前聽我們老村長說過，這個大灰狼可壞了！」

童話老爺爺聽了哈哈一笑說道：「沒錯，這個故事就是《小紅帽》，故事說的是，可愛的小紅帽要去森林小屋看外婆，結果半路碰到狡猾的大灰狼，大灰狼騙小紅帽去摘花，結果牠卻趕到森林小屋吃掉了外婆，還偽裝成外婆的樣子，等小紅帽到來時把她也吃了。所幸後來來了個獵人，打死了大灰狼，從大灰狼的肚子裡救出了外婆和小紅帽！」

貝拉聽了故事，說：「那既然這樣，故事不是很完滿了嗎？」

莫樂多也點了點頭。老爺爺卻說：「可是孩子們，你們看，這隻大灰狼卻不是原來的那隻，原來那隻是灰色的，而插圖上的這隻卻是黑色的，我懷疑這回來的是故事中大灰狼的表哥大黑狼！」

貝拉和莫樂多一聽，大吃一驚，兩個人再仔細看插圖，果然畫裡畫的是一匹黑狼。童話老爺爺說：「孩子們，這位狼表哥可壞了，比起牠的表弟他更狡猾。你看牠脖子上戴著一塊獎牌，這是狼族搏擊賽冠軍獎牌。這個傢伙本事了得，我擔心故事中的獵人會打不過牠，反過來還要吃掉獵人，這樣可就糟啦！」

貝拉和莫樂多一聽，也非常地著急，他們忙問老爺爺那該怎麼辦？老爺爺說：「這回我要派你們去故事中救出外婆和大家，你們要用你們的智慧戰勝這個傢伙！」

貝拉和莫樂多聽了連連點頭，他們都想早點趕到故事中救出外婆和小紅帽。於是他們坐上故事輸送器出發了。

這回，他們被送到了故事中的森林。

森林裡開著許多美麗的小花，明媚的陽光透過樹葉的縫隙投下耀眼的光斑，草地上蝴蝶和蜻蜓在追逐著起舞。

兩個人站起來後，各自拍了拍身上的灰土，這時莫樂多對貝拉說：「拉拉，你看，那個摘花的小女孩可不就是小紅帽嗎？」

貝拉也看到了小紅帽，小紅帽正愉快地哼著歌謠，手上捧著一大把美麗的野花。貝拉和莫樂多走過去和小紅帽打招呼，小紅帽看到他們非常高興，她告訴他們，她要摘很多美麗的花朵送給外婆。貝拉於是告訴小紅帽，大黑狼已經到了她外婆的小屋，並把外婆吞進了肚子。小紅帽一聽難過得嚎啕大哭。莫樂多急忙安慰小紅帽，貝拉告訴小紅帽不要哭，要想辦法把外婆從狼肚子救出來，並說這隻大黑狼是大灰狼的表哥。小紅帽於是停止哭泣，想起辦法來。忽然她靈機一動，對貝拉和莫樂多說：「我聽說後山的山洞裡住著一隻大灰狼，這隻大灰狼除了做壞事，最大的愛好就是睡懶覺，我們如果能在牠睡懶覺時抓住牠，再用牠來交換我的外婆不就可以了嗎？」

貝拉和莫樂多一聽非常佩服小紅帽的聰明，莫樂多說：「以前聽故事時都說小紅帽很可愛，沒想到你腦袋瓜子也很好嘛！」小紅帽聽後臉紅了，說：「以前外婆說碰到困難要多動腦筋，哦，我可憐的外婆！」小紅

帽一提到外婆又想哭，貝拉趕緊說：「好了，我們就這麼辦！去後山！」

他們來到後山，在半山腰果然看到一個山洞，山洞外面還掛著一面旗幟，上面寫著「狼宅」兩字。大家悄悄地潛入狼窩，在裡面果然聽到了狼打鼾的聲音。一隻大灰狼正張著嘴呼呼大睡，口水順著嘴巴往下流。於是大家用事先準備好的繩子悄悄地捆起了大灰狼，等捆好後，大灰狼就醒了。牠睜開眼睛，吃驚地看到自己被捆起來了，眼前貝拉、莫樂多還有小紅帽正對著牠得意地笑呢！

可憐的大灰狼只有認栽了！於是大家牽著被綁起來的大灰狼，向森林小屋走去。來到小屋外面，貝拉用棍子捅捅大灰狼的屁股，大灰狼就對屋子裡哀聲大叫起來：「表、表哥，不要裝啦，快出來救弟弟啊！嗚嗚——」叫著叫著，還哭了起來。大黑狼聽到了，就從床上下來，牠摘掉頭巾，走到屋外，看到大家架著表弟灰狼，牠氣得七竅生煙，對表弟說：「你這個沒用的傢伙，你壞了我的好事啦！」

貝拉對大黑狼說：「嘿，我說，你把人家外婆從肚子裡放出來，我們就放了你表弟，否則——」貝拉用棍子敲打了一下大灰狼的屁股，大灰狼頓時發出哀嚎「嗚——疼！」

大黑狼也沒有辦法，只有答應了。牠張開大嘴巴，吐啊吐的，總算是把小紅帽的外婆給吐了出來。外婆從大黑狼的肚子裡出來後，揉揉眼睛，伸伸懶腰，看到小紅帽，外婆高興地抱起了小孫女。小紅帽也很高興再次見到外婆。接著貝拉也解開了捆著大灰狼的繩子。大灰狼跑到表哥身邊，兩個壞傢伙於是又變得窮兇極惡了，牠們伸出爪子向貝拉他們撲來。原來大黑狼之所以答應交換就是料定他們逃不出牠的手掌心。可貝拉和莫樂多還有小紅帽卻非常鎮定，只見他們同時大喊一聲：「哈！」

這時「砰」「砰」從屋外傳來兩聲槍響，兩隻狼應聲倒下。這時從屋外走進一個英俊的獵人。獵人拿著槍，臉膛紅撲撲的非常威武！貝拉看到獵人，高興地和他說話：「謝謝您，親愛的獵人先生，感謝您及時出現收拾了這兩隻狼！」大家也高興地向獵人問好。

原來，上次貝拉和莫樂多遇到小紅帽後，他們在去後山找狼窩的路上，遇到了獵人先生，就和獵人說了自己的行動計畫，獵人告誡他們狼很狡猾，並提議由他暗中保護他們，等黑狼放出外婆以後，料定黑狼一定會反撲過來，這時就讓獵人的獵槍對付牠們了！

獵人看到兩隻狼暈厥的樣子，樂得哈哈大笑，就用繩子捆起了兩隻狼，並對狼說：「好啦，兩隻膽小的狼睜開眼睛看看吧，我可沒有打死你們！」

黑狼和灰狼聽到了，睜開眼睛。黑狼眼珠滴溜溜轉了三圈，他問獵人：「我們沒、沒中槍，怎麼槍聲一響我們就暈倒啦？」

這時灰狼也睜開眼睛，點著頭，看著獵人，這時貝拉走上前，對狼說：「誰叫你們平時老幹壞事，你們自己心虛，一聽到獵槍的聲音，你們就嚇暈了！這叫『驚弓之鳥』！」

大黑狼和大灰狼聽了，狼狽得嗚嗚直叫，小紅帽攙扶著外婆樂呵呵地說：「我看吧，你們是『驚槍之狼』還差不多吧！」

大家都哈哈大笑起來。這時灰狼看了看貝拉，牠說：「像，太像了！」

貝拉就問：「像什麼？」

灰狼就說：「你像我見過的一群猴子，你們長得太像了！」

貝拉一聽，非常興奮，他連忙問灰狼：「你在哪裡見過那群猴子？他們可是我的親人哪！」

灰狼聽了，就看了看獵人再看著貝拉，說道：「我對你說了，你能求求獵人先生放我們一條生路嗎？」

獵人爽朗地說：「我本來就沒打算要你們的命，但我要送你們到城市的動物園去，在那裡你們好吃好住的，但就是不能再做壞事了！」

一聽到可以好吃好住，黑狼和灰狼都很高興。灰狼就對貝拉說：「有一次，我的二舅，哦，就是花斑狼舅舅來看我，給我看一張照片，照片上是我二舅和猴子們的合影，哈，我二舅那叫帥啊！牠還說這群猴子是牠的救命恩人呢！我看照片上的猴子和你長得很像，不，簡直是一模一樣，只是——」

貝拉急切地問：「只是什麼？」

灰狼說：「只是他們的臉好像沒有你扁，哈哈！」

莫樂多說：「所以他才叫扁臉猴貝拉呀！」

貝拉聽完，就問灰狼：「你二舅住在哪裡，或者這張合影是哪裡拍的？」

灰狼說：「我二舅叫根叔，住在另一片森林。說實在話我們還沒去過二舅的老家呢！所以，我們也不知道二舅家在哪裡！慚愧啊！」

貝拉聽了，有點失望，他決定去童話圖書館找童話老爺爺幫忙。

獵人大哥將兩隻狼放到推車上，和大家告別了。臨走，大灰狼沮喪地說：「你們以後可要來動物園看我們哦，要知道動物園週末下午是免費的！」大黑狼看了看小紅帽的外婆，舔了舔舌頭，無奈地說：「外婆啊，您可別生我的氣，就當到我的肚子裡旅遊了一趟吧！」外婆聽了，撇了撇嘴，一副心有餘悸的樣子。

小紅帽和外婆也要走了，她們揮手和貝拉與莫樂多告別，並約定以後再見面。

送走大家，貝拉和莫樂多決定回童話圖書館，於是他們搖著鈴鐺，在兩隻鈴鐺碰到一起時，他們從森林裡消失，回到了圖書館裡。

十五、根叔的線索

見他們回來了，老爺爺合上書，從鼻樑上拿下老花眼鏡，對貝拉與莫樂多說：「孩子們，你們故事裡的對話我都聽到了，這條線索非常重要，雖然我一下子還不知道狼二舅住的那片森林，但我們知道他叫根叔，這就好辦了！」

老爺爺說著，來到書櫃前，開始尋找。書櫃裡整整齊齊地擺滿了許多的書籍。老爺爺找了半天，終於伸手從一排書中拿出一本不薄不厚的書來。打開書，在中間一頁是摺疊的書頁。展開後，貝拉和莫樂多一看，只見上面寫著「狼族譜系表」。

莫樂多摸摸鼻子，樂呵呵地問：「爺爺，狼族原來還有譜系表啊，這是不是說天下的狼都是一個大家族啊！」

老爺爺贊同地點了點頭，誇獎起莫樂多來：「哈，我覺得多多非常聰明呢。嚴格來說是天下所有故事中的狼都是一家，你們看，從這張表中，我們就能找到牠們彼此的關係還有居住的地址！」

貝拉和莫樂多於是仔細看起表格來，他們發現表格中出現的狼可真不少，其中也能看到灰狼和他的表哥黑狼，而牠果然有一個二舅，上面寫著一行小字：真名不詳，人稱根叔。並標有「53」這個數字。

老爺爺於是將書翻到五十三頁，在這一頁上，出現了一個故事，故事的題目叫《狼來了》。

老爺爺對他們說道：「孩子們，找到了，這隻叫『根叔』的狼出現在中國的一個古老童話故事中。故事說的是一個孩子喜歡撒謊，比起匹諾曹來通過撒謊來實現貪玩的目的，他撒謊的行為更加惡劣。這個孩子喜歡通過撒謊來作弄大家。有一次，他在山頂又想作弄大家，於是對著山下大叫說：『狼來了！』第一次大家都拚命跑上山來要救他，可是根本就沒有狼。這個孩子一而再、再而三地大喊：『狼來了！』最後大家都不相信他了，誰知這回真的狼來了，哦，來的就是根叔，就把這個頑皮的孩子給吃了！」

貝拉和莫樂多聽了，對故事中小孩子撒謊的行為很氣憤，但他們也有一點同情起這個孩子，莫樂多說：「可是這個孩子就這樣被吃掉了，也太殘忍了，應該要給他一個改正缺點的機會！」貝拉也贊同地點點頭。

老爺爺對他們說：「孩子們，你們可以去一趟這個故事，一方面找到根叔瞭解貝拉父母和夥伴們的消息，另一方面救出這個孩子，但要給他一點提醒！」

貝拉和莫樂多非常高興，特別是貝拉因為有了父母和夥伴們的消息早就按捺不住焦急心情，盼著要早點去呢！

他們又一次坐上了故事輸送器出發了！

「嘭！」「嘭！」他們降落在了故事中。起來後，兩個小傢伙發現自己在一個山坡上，眼前一群山羊正悠閒地吃著草，一個小男孩正躺在草地上曬太陽呢。小男孩沒有發現草叢後面的貝拉和莫樂多，他自言自語地說道：「一個人放著羊多無聊啊，我來作弄一下山下的人吧！」

他開始大叫起來：「狼來啦，大家快來救我呀！」他這麼一喊，山下果然跑上一群農夫，大家氣喘吁吁手裡拿著鐮刀和鋤頭，見到小男孩就問：「我們來啦，狼在哪裡？」男孩子看到大家氣喘吁吁的樣子就得意地哈哈大笑，說：「哈哈，真有意思，你們上當啦！」

大家聽了都很生氣地下山去了。貝拉和莫樂多躲在草叢後面，看到這一幕也很生氣！

可是過了一會兒，這個男孩又自言自語起來：「哈，真有意思勒，我一叫他們就跑上來了，那我再叫一下呢，他們保準又會跑過來吧！」

於是他又一次放開嗓子大叫起來：「快來人哪，狼來啦！」

山下善良的農夫們又跑了上來，當大家發現又一次被作弄後，大家說：「哼，我們再也不相信你啦，你這個愛撒謊的小孩！」結果在小孩的哈哈大笑中大家又氣鼓鼓地下了山。

貝拉悄悄地對莫樂多說：「老爺爺說的沒錯，比起匹諾曹來通過撒謊來愚弄大家更加讓人討厭啊！」莫樂多點了點頭說：「沒錯，這樣做真的很可惡！」

可沒想到，就在這時遠處出現了一匹狼，這隻狼長得膘肥體壯的樣子可威武了。牠看到前面有一個小孩，山坡上還有許多肥嘟嘟的山羊，口水就流了下來。於是朝著男孩撲了過去，小男孩看到兇惡的狼向他撲來，驚慌地大叫起來：「救命啊，狼來啦！救命啊！」

可是這回山下沒有一個人來，因為大家都不再相信他了。男孩子這回才意識到失去了大家的信任，是多麼要命的事情啊。可是這回他明白得太晚啦，大灰狼眼看就要一把抓住他了！

可就在這時，貝拉和莫樂多從草叢裡面跳了出來。由於他們出現得太突然了，大灰狼被嚇了一跳，摔倒在一塊石頭上，疼得起不來了！只能斜躺在草地上痛苦地哼哼起來。

貝拉於是走上前去，對小男孩說：「要不是我們出現，你現在早就成了狼的美餐了，你知道是什麼害了你自己嗎？」

小男孩臉紅了，垂下了頭。他慚愧地說：「一直到我快被狼抓住的時候我才明白過來，愛撒謊的毛病差點害死了我呀。人們再也不相信我了，撒謊會失去人們的信任，非常感謝你們及時救了我，我以後再也不撒謊了，我要做一個誠實的孩子！」

貝拉和莫樂多非常高興孩子能明白這個道理。他們祝福這個孩子以後能改正缺點並擁有誠實的美德。孩子看看天色不早了，就和他們告別，趕著山羊下山了。

再說那隻摔倒的大灰狼，此刻還躺在地上痛苦地「哼哼」著！

此刻牠可沒了往日的威風，看到貝拉和莫樂多朝牠走來，反倒慌張起來。貝拉走到灰狼的面前，蹲下來對牠說：「您就是根叔吧？」

「根叔」聽到有人這樣叫他，就抬起頭，看了看貝拉又看了看莫樂多，說：「你，你怎麼知道我的名字，剛才要不是你們兩個傢伙忽然跳出來，現在我也許正在美美地飽餐呢！哎喲，我的腳好疼啊！」

貝拉於是關切地揉了揉根叔的狼腿，繼續問道：「根叔，你好，我想向您打聽一下，這張照片中的猴子您見過嗎？您看照片中的狼是您嗎？」

貝拉說著就遞上了灰狼給的照片，根叔一看照片，面露微笑說道：「哦，我說你怎麼看起來眼熟，原來你找的是他們呀！照片中的狼就是我，說起來，他們還是我的救命恩人呢。算了，剛才的事我也不怪你們啦，來，你們扶我起來！」

貝拉和莫樂多於是將根叔扶了起來，大家一起坐在草地上。根叔就開始說起來：「那回我經過森林的河邊，肚子餓了就想到河邊的樹上摘蘋果吃，卻一不小心掉進了河裡，你們知道根叔我不會游泳啊，眼看我就要被河水給淹死了——」

莫樂多聽到這裡插了一句話：「真是一個蘋果引發的血案啊！」

根叔接著說：「這時來了一群猴子，他們爬上高高的樹一個個尾巴拉著尾巴，串起了鏈條，把我救了起來，他們真是我的救命恩人啊！」

根叔接著說：「後來，為了表示感謝，我們就一起在河邊拍照留念，這可是我生平第一次拍照片呢，你們看照片裡我拍得帥吧！你們看我這毛色這髮型！再後來我去看我侄子，就把這張送給了他，給他做個紀念。沒想到今天到了你們手上，哈哈，我們還真有緣呢！」

貝拉於是告訴根叔這群猴子就是他的父母和夥伴們，他一直在尋找他們。根叔聽了，告訴貝拉他當時和猴子們聊天時，看到猴群中有一隻猴子拿出一個漂亮的寶盒，打開後只見一道金光閃耀，猴子就集體不見了！從此他再也沒有見到他們了！

貝拉聽到這裡，非常失望，他傷心地說：「看來我是空歡喜一場了，我還是沒找到爸爸媽媽和夥伴們哪！」

莫樂多趕緊安慰起貝拉。根叔忽然一拍大腿，對貝拉說：「哦，對了，他們消失後，我在地上撿到了這個東西！」根叔從口袋裡拿出一張卡片，交給貝拉，貝拉接過來一看，這是一張摺疊的卡片，上面寫著「請柬」兩字，打開後，上面有一行字：

為了慶祝國王的小公主出世，國王和王后邀請尊敬的西西女巫來皇宮參加盛大的慶賀宴會。

根叔說：「我想他們一定是去參加王室的宴會去了，你們看這張請柬就是最好的證明！而請柬在半路上一定被送信的人搞丟了，結果就被猴群撿到了，我想他們一定是去參加國王的宴會了吧！哈，我想宴會上一定會有許多美味佳餚，一想起這些我就流口水啊！」

貝拉點了點頭，於是又高興起來，他感謝根叔提供的重要線索，並對莫樂多說：「國王生了女兒要請哪位女巫呢？而皇宮又會在哪裡？看來我們得去找童話老爺爺打聽一下，這麼看來我們也是不虛此行呀！」

莫樂多也很高興，重重地點了點頭，表示贊同！而根叔經過一陣子休息，大腿也不那麼疼了。於是他們告別根叔，搖著鈴鐺從故事中返回，回到了地下童話圖書館。

十六、遲到的貴賓

貝拉和莫樂多回到地下童話圖書館，見到童話老爺爺。老爺爺對他們說：「孩子們，你們做得非常好，你們拯救了那個愛撒謊的孩子，我想以後他一定會吸取教訓而變得誠實！另外祝賀你們從根叔那裡得到了尋找貝拉父母的重要線索，來，把卡片給我看一下！」

貝拉於是將根叔給的請柬卡片交給爺爺。爺爺戴上老花眼鏡，在燭光下仔細端詳起來。這是一張漂亮的卡片，正面畫著漂亮的藤蔓圖案。老爺爺看了一會兒，鼻子裡呼出一口氣，對貝拉和莫樂多說：「哦——如果我沒有猜錯的話，這是來自一個古老的王國，人們喜歡叫這個王國為蒺藜國，你們看，卡片上裝飾的圖案不正是蒺藜嗎？」

貝拉和莫樂多接過卡片仔細地看起來。他們點了點頭，表示贊同。老爺爺說，這個王國，出現在一個叫《睡美人》的古老童話中，說的是這個王國的小公主出生了，這下可把國王和王后樂壞了，他們要舉行盛大的宴會來慶祝。但是，國王邀請了所有的人，甚至王國的十二位巫師，可偏偏沒有邀請第十三位巫師，因為國王只有十二個金盤子，這個巫師知道自己沒有被邀請，就大發雷霆。她闖進皇宮對國王說，她已經給新生的小公主下了魔咒，等到小公主長到十五歲時會被一個紡錘弄傷，然後昏睡上一百年才會醒來！」

「那後來怎麼樣呢？」莫樂多屏住呼吸，大眼睛眨巴眨巴地問道。

老爺爺接著說：「後來魔咒果然應驗啦！公主果然在十五歲那年碰到了一個大大的紡錘，不但公主昏睡了過去，整個王國的人，包括一隻可憐的鸚鵡都呼呼地睡著了！」

「哈哈，真有意思，他們要睡一百年啦！」貝拉說道。

老爺爺說：「是的，在這一百年裡王國裡長滿了蒺藜。一直到一百年後，英俊的王子出現了，他吻了一下公主的臉頰，公主就醒了。公主醒了，大家自然也就醒啦。最後，公主和王子相愛永遠幸福快樂地生活在一起！」

貝拉和莫樂多被老爺爺講的故事深深吸引，他們為故事美好的結局感到高興。老爺爺接著說：「如果我猜得沒錯，國王其實是邀請了女巫的，只是邀請的請柬在半路上給弄丟了，而這，就是那張丟掉的卡片！」老爺爺說著舉起了這張請柬。

貝拉若有所悟，他對爺爺說：「哦，我明白了，我的父母和夥伴們一定是給巫師送卡片去了，所以他們就去了那個故事裡！」

莫樂多也點點頭，老爺爺笑了說：「嗯，一定是這樣的！」

莫樂多說：「所以女巫是誤會了，她以為國王不邀請她參加宴會，其實國王一樣重視她！」

「對！所以你們有必要去一趟蒺藜國，一方面是打聽貝拉爸爸媽媽的消息，一方面是去澄清這個誤會！」

貝拉和莫樂多使勁點了點頭，他們都希望馬上進入故事，去蒺藜國走一遭！

於是他們坐上故事輸送器出發了！

故事輸送器把他們送到了故事中的王宮裡。到達後，兩個小傢伙站起來，拍拍身上的灰塵。貝拉對莫樂多說：「多多，你聞一下，是什麼味道，怎麼這麼香？」

莫樂多也擠擠鼻子，使勁聞了一下，點點頭說：「嗯，好香呢！好像是烤香腸的味道呢！這裡是皇宮的廚房間吧！」

他們仔細觀察周圍，發現這裡確實是個廚房間，只是這個廚房間也實在是大，估計都有一個劇院大小了。好大的排場！貝拉和莫樂多在心裡想。

這時從哪裡跑出一個小孩，小孩後面傳來一陣嚴厲的罵聲：「你這個頑皮的傢伙，看我不收拾你！」

而那個小孩手上拿著半截香腸，一邊跑還一邊在嚼香腸，看得出他這是在偷吃啊。可不料他跑過一個架子時，卻不小心碰了一下架子，一個盤子應聲掉到了地下「啪」！碎裂了！

後面的廚師跑了上來，他看到盤子打破了，就狠狠地罵起孩子：「完了，你這個壞傢伙，早知道就不帶你來皇宮玩了，你打破了國王最最心愛的水晶盤子，這可是國王用來招待最最尊貴的客人的！國王雖然有十二個金子做的盤子，可是他卻只有一個水晶的盤子呀！你闖了大禍，看來老爸我的工作保不住了！」

小孩聽了老爸的話就楞在哪裡，接著就哇哇大哭起來。

這時在櫥櫃後面的貝拉和莫樂多聽到了，他們就明白，原來國王不但已邀請了第十三位女巫，還給她準備了自己最寶貴的水晶盤子。

於是他們就走了出來，安慰這對可憐的父子，並保證替他們想辦法。貝拉撿起地上盤子的碎片，並找了一塊抹布包了起來。在和這對父子的聊天中，他們打聽到皇宮裡的慶祝宴會已經開始，於是他們朝著廚師指點的方向告別離開了。

來到宴會廳，氣氛非常熱烈，而十二位巫師也在大廳裡愉快地聊著天；國王和王后正在接受王公大臣們的祝賀。就在這時，大廳的門被人踢開了，一陣陰風吹來，從外面走進一個一身黑色的巫師。看得出這個巫師非常地生氣，氣鼓鼓的臉都變形了，她一進來就開始大罵：「你們這些傢伙在這裡慶祝，狂歡，卻只有我一個人沒有被邀請，這不是很看不起我嗎？我要報復！我要報復！」巫師大嚷著，顯得歇斯底里。

可當她剛要說出她的詛咒時，角落裡卻傳出了一個稚嫩的聲音：「哦，我們最了不起的巫師您總算來啦，您可遲到啦！」

大家驚奇地循聲看去，原來在一張長長的餐桌底下，貝拉在說話。貝拉從餐桌下面鑽了出來，接著對巫師說：「您請看，這是給您的請柬，只是在半路上搞丟了，但您是誰啊，您本事這麼大，不是有句話叫——」貝拉撓撓頭皮，想說句漂亮話，可是一時找不到好詞。

莫樂多馬上接過話說道：「叫『不請自來』！」

貝拉笑著說：「對對，像您這樣有本事的巫師，完全可以『不——不請自來』！」

巫師聽了貝拉的話，有點高興起來，她再看看國王和王后的表情，他們也在熱情地點頭，巫師又看了看坐在長餐桌上十二位巫師，生氣地說：「可是，可是他們都有金盤子，為什麼我沒有？」

貝拉一聽這話，又接過話，對女巫說：「您看這是什麼？」於是他將那個抹布包交給巫師，巫師打開一看，是一堆水晶碎片，就很不解，貝拉接著說：「您不是王國最最厲害的巫師嗎？國王把自己最最心愛的水晶盤子打碎了，您可以用法術將它變回去啊，這樣不是也顯示了您高超的法術

嗎？大家說這個節目好不好？」

人群裡響起一片叫好聲，巫師一看氣氛這麼熱烈，就有點不好意思起來，她紅了紅臉，用自己的魔法杖點了點這堆碎片，果然破碎的盤子瞬間就恢復了原樣，真是太神奇了！

宴會廳裡再次響起熱烈的掌聲，巫師看到大家這麼熱情可開心了！於是她對國王和王后表示感謝。這個晚上，所有的人都很開心，大家慶祝、狂歡到了第二天的凌晨。

第二天，貝拉和莫樂多找到巫師，向她打聽貝拉父母和夥伴們的消息。巫師點了點頭，說她確實碰到了一群猴子，這裡宴會的消息其實也是猴子們告訴她的。她以為猴子告訴她有一張請柬邀請她來是在安慰她呢，看到貝拉提供的卡片，她才相信原來她才是國王最最重要的客人。這群猴子現在她的巫師城堡裡做客，貝拉和莫樂多聽到這個消息，高興得跳了起來，貝拉真想馬上去巫師城堡和爸爸媽媽見面，一想到馬上能見到父母和夥伴們了，貝拉有點激動，眼角甚至流出了淚花，是啊，貝拉已經很久沒見到父母了！

有多久呢？反正很久很久啦！

貝拉和莫樂多決定馬上去巫師城堡！於是他們一起騎上巫師的掃帚出發了！一路上，莫樂多問巫師：「我們知道如果您因為誤會讓美麗的公主沉睡一百年，在一百年後會有一位英俊的王子來吻醒公主，而公主和王子會幸福地生活在一起。這回您沒有這麼做，那，在未來王子不是見不到美麗的公主啦？」莫樂多大眼睛眨巴眨巴一臉的擔憂，神情卻非常的可愛！

巫師聽了，哈哈大笑，她說：「哈，你們真是厲害，連這個都知道啊，不過你們不用擔心，據我預測，在公主十五歲時她還是會遇到一個英俊的王子，並且愛上她。只不過，那就不是一百年後那位王子啦，無論如何，美麗的公主都會有一個幸福快樂的人生！」

貝拉和莫樂多聽了，都非常滿意。聊著聊著，女巫的城堡到了，降落後，三人走進城堡，可城堡裡卻空空如也，什麼也沒有。在城堡大廳的牆上，大家看到一張巨大的油畫，油畫上畫著大海，大海裡有一艘帆船，油畫下面的地面有一灘水跡。巫師慌張地說：「糟糕了，他們啓動了牆上的輸送按鈕，一定是到畫裡的大海裡去了！」

貝拉和莫樂多聽了大吃一驚，貝拉急得淚流滿面，他急忙問：「那怎麼辦？我能找到他們嗎？他們會有事嗎？」

巫師從口袋裡拿出一副塔羅牌，口中念念有詞，然後對貝拉說：「我知道了，他們是去了那裡！」

十七、巫師的願望

巫師對貝拉說道：「你們不知道，這幅畫其實還有一個故事呢！」

她說：「在我很小很小的時候，當然，巫師再小也還是巫師，而且是很棒的巫師！」貝拉和莫樂多點點頭，他們想早點知道下文。

巫師說：「那時我非常愛聽童話故事。我的爸爸，也就是偉大的老巫師先生就每天晚上給我講故事。有一天，天上下起了大雪，我爸爸就在溫暖的壁爐前給我講《人魚公主》的故事。故事說的是海王的女兒人魚公主在十五歲時游到海面，見到了一位英俊的王子，並拯救了沉船遇難的他，公主深深地愛上了王子。為了能得到王子的愛情和一個人類的靈魂，巫婆將公主的人魚尾巴變成了人類的雙腿，作為交換，公主卻要交出自己最甜美的嗓子。後來她找到了那位深愛的王子，並和他生活在了一起，可是——」

「可是什麼？」貝拉和莫樂多幾乎同時問道。

巫師接著說：「可是，王子最後卻娶了鄰國的公主為妻，而美麗的小人魚為了成全王子的婚姻，她選擇了祝福和離開。她縱身一躍，跳入蔚藍的大海，變成了大海裡的泡沫！」

說完這個令人傷感的故事，巫師長長地歎了一口氣。貝拉和莫樂多的眼眶也濕潤了，她們為小人魚公主的善良和淒慘的結局而難過，莫樂多抹了抹眼眶裡的淚水，問道：「好感人的故事，好可憐好善良的人魚公主啊！」

貝拉點點頭，說道：「那，難道我們就沒有辦法拯救這位美麗的公主嗎？」

巫師說：「其實，我小時候聽了這個故事也是這樣想的，所以，我立志要做一個最有本事的巫師，這樣就可以去拯救美麗的公主，並有能力給她一個永恆的靈魂。」

「這，真的可以嗎？」善良的莫樂多搶先問道。

巫師看了看貝拉和莫樂多，臉上散發出興奮的光芒，她說：「經過我長期的研究，並用我們家傳的法術，祕密採集了世界上所有善良人兒的眼淚，終於研製出了神奇的『大巫師』牌神奇的靈魂藥水！」

「『大巫師』牌靈魂藥水？」貝拉和莫樂多同時問道。

「是的，人魚公主只要喝下由我研製的『靈魂』藥水，她就不會再變成泡沫啦，因為善良人的淚水裡都有靈魂的成分，所以，只要公主喝下這個藥水，她自然就有了美麗的靈魂啦！哈，了不起吧！」

「太了不起了！」貝拉和莫樂多高聲讚美道。

巫師接著說：「你們看到牆上的油畫了吧。其實這幅畫就是我的父親——偉大的老巫師創作的。只要啓動牆壁上的那顆紅色按鈕，人就可以進入畫中，登上那條畫中的輪船。運氣好的話，我們就可以尋找到美麗的人魚公主！」

「那您為什麼不去尋找人魚公主呢？」莫樂多問巫師。

巫師聽了，歎了一口氣，說：「只是，我是一個巫師，我不能離開自己的故事，如果離開了自己所處的故事，我就什麼都不是了！」

貝拉聽了，就拍拍自己的胸脯，對巫師說：「那就讓我和多多去一趟吧！我們可以的！在故事中旅行可是我們的特長，哈！再說啦，我還要去故事中找到我的父母和夥伴們呢！」

莫樂多使勁地點著頭，臉上紅撲撲地發著光。

巫師高興地點點頭，她拿出一個小瓶子，對貝拉和莫樂多說：「這個你們收好，如果碰到美麗的人魚公主，就讓她喝下這個瓶子裡的藥水，這樣她就得救啦！對了，別忘了替我向她問好！」

貝拉接過瓶子，和莫樂多一起來到油畫前。巫師按了一下牆壁上紅色的大按鈕，頓時，畫中的大海動了起來。一下子一個浪花打來，海水嘩啦啦地撲進了畫外的房間，巫師從牆上拿起一艘輪船的模型，朝畫裡一扔。

一下子，模型變成了一艘真正的輪船，在大海裡隨著浪花顛簸起來。貝拉和莫樂多向前跨了一步，一下子跨進了那艘輪船裡面。

大海裡風浪非常大，輪船搖搖晃晃地揚著帆向前駛去。前面是一艘很大很大的豪華大船，貝拉和莫樂多看到大船，站在甲板上拚命地吶喊，他們想追上那艘大輪船。可是大海裡風浪很大，任憑他們怎麼呼喊，他們的聲音卻被完全地淹沒在風浪的呼嘯聲中，眼看著大船漸漸遠去。

於是他們跑到駕駛室，搖起了方向舵，向著大船追趕而去！

在那艘大船裡，正是新婚的王子和他的新嫁娘，他們正甜蜜地依偎在一起。而在輪船的甲板上，一位美麗的女孩，眼眸裡正噙著晶瑩的淚花，對著遠方的天空發呆。她，就是善良而又可憐的人魚公主。

公主為了心愛的王子能得到幸福，此刻她決定在祝福中投入大海，任由自己變成大海裡的泡沫。

那邊貝拉和莫樂多著急地駕駛著帆船，終於慢慢地趕了上來，莫樂多眼尖，他對貝拉說：「拉拉，你看到了嗎？那個甲板上的女孩一定就是人魚公主吧！」

貝拉點點頭，使勁地旋轉著方向舵。可是就在這時他們看到公主爬上高高的船頭，縱身一躍，跳下了大海。

貝拉和莫樂多看到這一幕，都傻了眼，他們趕緊跑到駕駛艙外的甲板上，莫樂多拿起一個救生圈，撲通一下子就跳下了海，貝拉緊接著也跳了下去。他們拚命地向公主游去，他們知道，人魚公主，因為沒有了美麗的魚尾巴，在海水裡隨時會淹死的。

可是他們沒想到比淹死更可怕的是，公主開始慢慢地變成了泡沫。開始是兩隻腳，接著是身體，就在她完全變成泡沫的最後瞬間，莫樂多和貝拉游到了公主的身邊，貝拉趕緊將手中巫師給的靈魂藥水給公主灌了下去。一下子，公主居然又長出了美麗的魚尾巴。

兩人將公主放在救生圈裡，拉著游回了輪船，總算是救回了公主。經過長長的昏迷，當第二天金色的太陽照耀在甲板的旗杆時，公主終於醒了過來。貝拉和莫樂多一直守候在公主的身邊。

看到公主醒了，兩個小傢伙非常高興。公主醒來後第一句話是問自己怎麼沒有變成泡沫，貝拉和莫樂多聽了哈哈大笑，他們告訴公主是神奇的「大巫師」牌靈魂藥水拯救了她，並告訴公主她現在已經擁有了永恆的靈魂，而且，她依舊可以做一條美麗的人魚。

人魚公主聽了，一下子高興起來。她十分感謝貝拉和莫樂多。公主說：「經過這次的經歷，我發現我不需要為了得到一個人類的靈魂改變自己本來的模樣，我應該更愛自己本來的樣子！一個人丟失了自己，即使有了靈魂也是不快樂的！」

莫樂多聽了公主的告白，就問她：「那，你最後還是沒有和你心愛的王子在一起，難道不傷心嗎？」

公主說：「是的，我曾經深愛著英俊的王子，並希望和他永遠在一起，但相愛需要兩顆心靈的結合，現在我知道，我得不到這樣的愛情，那就讓我把這種遺憾化成美好的祝福吧！我不會再傷心了！」

貝拉和莫樂多聽了公主的話，都為公主的善良與大度而感動。貝拉告訴公主他在尋找自己的父母和夥伴。公主聽了非常同情貝拉對親人們的思念。她答應貝拉要到海王宮發動所有的海洋生靈，來幫助貝拉尋找父母和夥伴們。

貝拉感謝公主的熱情幫助。公主於是和他們告別，並縱身躍入大海，直到碧藍的海水漸漸淹沒了她美麗的身影。

貝拉和莫樂多站在甲板上，此刻太陽溫暖地曬著甲板，大海顯得風平浪靜，海鷗唱著愉快的歌曲從他們身邊掠過，遠處，大海和天空連成一片，美極了！

十八、落難荒島

貝拉和莫樂多駕駛著巫師的帆船，向著太陽升起的地方前進，當海上起風時，他們就揚起風帆，藉著風勢快速地前行；而當海面風平浪靜時，他們就來到甲板上曬著太陽，欣賞著大海裡美麗的風光。慢慢地海鷗成了他們最要好的朋友，有時他們會從帆船的桅杆上飛下來，來到甲板上對著他們「唧唧啾啾」地鳴叫，好像在向他們暢快地傾訴著關於大海的話題。

帆船在大海裡航行了三天三夜。這天中午，貝拉正在甲板上眺望遠方，忽然他看到天空出現了一大片黑色烏雲，黑壓壓的烏雲好像就要落到大海裡了，晴朗的天空一下子變得陰霾滿天。貝拉趕緊大叫莫樂多。莫樂多正在船艙裡寫船長日記，塗塗寫寫，他可認識不了幾個字。他聽到貝拉的叫聲就趕緊衝了出來。這時，黑壓壓的烏雲已經籠罩在帆船上空，大風捲起了高樓般的巨浪，小船在風浪中一會兒被拋上天，一會兒又被重重地扔到「谷底」。貝拉和莫樂多趕緊跑到船艙裡面，他們緊緊地抱著船艙裡面的一根柱子。一個個巨浪打來，海水迅速漫進了船艙，整條船一下子被掀翻了。貝拉和莫了多被捲進了海裡，這時，一個橘紅色的救生圈漂了過來。貝拉眼尖一把抓住了救生圈，並把救生圈向莫樂多推去。莫樂多和貝拉一起扶著救生圈在此起彼伏的巨浪中顛簸，他們在巨浪中相互打氣，彼此的雙手緊緊地拽在一起。他們的內心都有一個聲音：無論如何都要和夥伴在一起！

就這樣起起伏伏漂啊漂啊，慢慢地，海浪平靜了下來，天上的黑雲逐漸也消散了。貝拉和莫樂多都不知道被海浪打到了哪裡，因為他們的帆船早就沉沒了。於是他們爬上救生圈，坐了上去，兩個人雖然狼狽不堪，但看到彼此都安然無恙，相互對視了一下，都哈哈大笑起來。經歷了太多太

多奇妙的旅行，沒有什麼困難能嚇倒他們了！

在茫茫的大海裡漂了好幾天，一直到一個風平浪靜的夜晚，兩個小傢伙都沉沉地睡去了。

第二天，陽光很刺眼。貝拉醒來後發現自己和莫樂多躺在一個沙灘上，救生圈就擱置在他們的附近。莫樂多張著嘴還在呼呼大睡。貝拉抬頭看看，發現自己身處在一個海島上。遠處是一些叫不上名字的熱帶樹。幾隻小螃蟹好奇地瞪著大眼睛，從他們的身邊爬來爬去，好像在說：「你們好啊，來自大海的朋友！」

貝拉趕緊叫醒莫樂多，莫樂多揉了揉惺忪的雙眼，他也很驚奇，不知道自己身處何方。於是他們拍拍身上的泥沙，一起走過沙灘。他們發現這是一個小島，島不大，上面有一片小樹林。到了夜晚，他們又來到沙灘上，撿了一些地上的樹枝燒起了篝火。莫樂多以前從老村長那裡學來了鑽木取火的本事，這回可是派上用場啦！

他們一邊圍著篝火看著冒著濃煙的火光，一邊聊著天。

貝拉說：「多多，你說我們現在在哪裡呀？」

莫樂多說：「哈，我也不知道啊，但我想這裡一定是個不知名的小島，也許世界上還沒有人到達過這裡呢！」

貝拉點點頭，他說：「哇，那很棒啊！就是不知道怎麼才能找到我的父母和夥伴們呢！」說著，貝拉的眼神又黯淡下來了。

莫樂多安慰起貝拉。這時遠處海面什麼東西閃了下光，向著這邊游來。貝拉和莫樂多都發現了，他們站起來向著逐漸變大的光點走去。走近了，他們發現是一條美麗的人魚。但顯然她不是上回的人魚公主。因為這位人魚公主的頭髮是綠色的，而美麗的小公主的頭髮是金黃色的。人魚見到他們就高興地自我介紹起來。她說自己是海王的大女兒，非常感謝貝拉和莫樂多救回了海王最小的女兒——人魚小公主，小公主動員大家來幫助貝拉尋找親人，於是大家游遍了大海的每一個角落，雖然還是沒有貝拉父母的消息，但找到了一些漂流瓶，也許裡面會有貝拉父母的消息呢！

貝拉和莫樂多一聽，覺得很有道理，他們十分感謝善良的人魚姐姐。貝拉接過瓶子，從裡面拿出一張紙條，讀了起來：

大海公公，我想問，我可以不長大嗎？因為長大了就要每天工作，大人能像孩子一樣每天玩沙子嗎？

貝拉和莫樂多看了瓶子裡的信，貝拉笑了笑，對人魚姐姐和莫樂多說：「這一定不是我爸爸媽媽寫的信，因為他們已經是大人啦！」

美麗的人魚姐姐點點頭，安慰貝拉不要失望，她們會繼續幫助他們尋找。

美麗的人魚姐姐返身游進大海，消失在貝拉和莫樂多的眼前。就這樣，過了一會兒，大海裡又冒出了小小的浪花，這回從大海裡游來了一位美麗的有著藍色頭髮的美人魚，這位人魚公主介紹說自己是人魚小公主的第二個姐姐，這回她也帶來了一個漂流瓶子。貝拉感謝美麗的人魚二姐，接過漂流瓶，從裡面拿出一張小紙條，打開紙條，他和莫樂多讀了起來，上面寫道：

大海的深處真的有美麗的人魚公主嗎？真希望美麗的公主不要變成泡沫，公主太善良了！

貝拉和莫樂多看完紙條，相視而笑，莫樂多從口袋裡拿出一支半截的鉛筆，在紙條上寫道：

真的有人魚公主呢，而且公主不會變成泡沫啦，請放心！

寫完後，莫樂多將信紙塞回瓶子，將瓶子交還給人魚二姐，貝拉對她說：「謝謝您帶回的漂流瓶，雖然，還是沒有父母的消息，但沒關係，通過努力我們一定會找到他們的！」

美麗的人魚二姐微笑著和他們道別，臨走安慰貝拉不要放棄希望。說完返身鑽進了大海。

十九、大海來信！

貝拉和莫樂多看著人魚姐姐轉身消失在大海的深處。遠處，海鷗歡叫著掠過海面，好像要銜起海裡的浪花。溫暖的太陽照耀著一望無際的大海，一股鹹鹹的海水味道被風吹來，鑽進貝拉和莫樂多的鼻孔。

這時，遠處又有一個閃光點在海面上閃耀了一下，一個美麗的腦袋鑽出水面。貝拉和莫樂多定睛一看，原來是海王最小的女兒。美麗的人魚公主從大海裡游了過來。公主有一頭金黃的長鬈髮，長髮捲捲的，就像大海裡的波浪。

貝拉和莫樂多看到老朋友美麗的公主來了，兩人都很高興。他們走下海灘，來到公主面前。美麗的公主說：「我親愛的朋友，感謝你們拯救了

我，還給了我一個永恆的靈魂，請替我向關心我的巫師傳達我的感謝！我的家人都非常高興我的回歸，她們被我動員起來在大海裡尋找關於您父母以及夥伴們的消息呢！」

貝拉聽了，高興的點點頭，對人魚公主的幫助表示感謝，他說道：「哈，真高興您又做回了快樂的自己！更感謝您和家人的幫助和關心！有了你們的幫助我們覺得大海裡充滿了溫情和友誼，彷彿連海水都變得溫暖了！」

人魚公主接著交給貝拉一個透明的玻璃瓶子，並對貝拉說：「這是我在大海裡找到的一個漂流瓶，我不知道是不是您父母扔出的瓶子，但我多麼希望這就是啊！」

莫樂多在旁邊聽了，笑了起來，對他們說：「哈，其實不管是和不是，我想扔瓶子的人一定是希望有一天能被別人撿到，並希望有人能讀到他的心裡話吧！」

貝拉點點頭，高興地接過公主手上的瓶子，打開塞子，從裡面拿出一張摺疊的紙條，打開紙條讀了起來，慢慢地貝拉的臉上出現了驚喜，驚喜之後，貝拉的眼睛裡含滿了淚水，這果真就是貝拉父母寫給貝拉的信件！原來信的內容是這樣的：

我們最最親愛的孩子貝拉：

你也許永遠讀不到這封扔向大海的信，但我們還是盼望當我們將這封信裝進玻璃瓶扔向大海時，有一天能被你收到，並能讀到這封信。

當你讀到這封信的時候，我們正在一個有趣的的故事中旅行，自從你離開我們，離開我們美麗的陽光森林開始你的旅行，我們知道，我們的小貝拉長大了。

你在這個美麗的世界旅行，其實你更在你自己精彩的生命中旅行。作為你的父母，我們多麼希望你一路能收穫快樂和友誼，多麼希望你在旅途中領略到這個世界的美麗，並更加熱愛我們所身處的世界！我們盼望你的旅行是順利的，但我們也無數次猜想你一路上會經歷很多意想不到的磨難和挫折。

請你記住，孩子，只要你堅持用善良和勇敢來面對一切的困難，所有的困難最後都會變成你旅途中美好的回憶。生活中，所有的困難都像貝殼，你只要勇敢地打開它，你會發現裡面都蘊含著光彩奪目的珍珠，而這珍珠就是你收穫的智慧！

親愛的孩子，當你讀到這封信的時候，我們也在一個個精彩的童話故事裡旅行。一開始，是我們不小心開啟了童話爺爺的故事寶盒，被送進了有趣的童話故事中，但隨著旅行的展開，我們發現只要你用滿滿的真誠和愛心就能解開許多看似無解的謎題。在故事中我們發現，一切困惑的根源都是一方愛的能力出現了問題。我們相信只要故事中的任何一方具有了博大無私的愛，所有故事的結局都會被改寫，而世界上再也沒有令人遺憾的結局。

我親愛的孩子，我們多麼希望能早一天見到你，但我們的使命告訴我們，將會繼續在不同的故事中尋找，我們要找到世界上最大的祕密寶藏，據說在那裡珍藏著全世界最偉大的寶貝——世界之愛寶石，我們立誓要找到它，讓寶石的光芒照耀整個世界！

我最最親愛的孩子，請等待我們的勝利歸來。到那一天，我們將深情地擁抱你，並彼此分享各自旅途的收穫！

世界上最最愛你的爸爸媽媽還有你最好的夥伴們

貝拉噙著淚水，激動地看完這封父母的親筆信。他是多麼希望能馬上見到深愛他的父母啊！但他更為父母和夥伴們高興，覺得他們的旅行和尋找是多麼有價值。於是他擦乾眼角的淚水，對著大海，大聲地喊叫：「爸爸、媽媽，我想你們！」

海鷗聽到貝拉的喊叫，大聲地回應著，在他們頭頂盤旋，彷彿在說：

「貝拉加油！」

人魚公主和莫樂多看了貝拉父母的信，他們都為貝拉父母和夥伴們，在信中流露出的濃濃親情和了不起的使命而感動。公主真誠地祝福貝拉，並和他們告別，轉身回到了大海。

貝拉和莫樂多商量，決定回到地下童話圖書館找童話老爺爺。他們想知道：世界上最大的祕密寶藏究竟在哪裡？

於是他們各自拿出口袋裡的鈴鐺，搖一搖，碰一碰，一下子從故事中消失，回到了地下童話圖書館。

二十、強盜的祕密寶庫

貝拉和莫樂多回到了地下童話圖書館。他們看到童話老爺爺正靜靜地倚靠在一張綠色的躺椅上，呼呼睡著了。手中還拿著一本童話書。貝拉和莫樂多看到老爺爺睡得香甜，就躡手躡腳地走到爺爺跟前。貝拉從桌上拿起爺爺的羽毛筆，用羽毛撓撓爺爺的大鼻子，一下子，老爺爺重重地打了個噴嚏「啊——欠！」

老爺爺打著噴嚏醒了過來，看到眼前的貝拉和莫樂多，大家都哈哈大笑起來。老爺爺說，已知道貝拉和莫樂多在故事中的經歷，很高興他們拯救了美麗的人魚公主。貝拉將爸爸媽媽寫的信交給老爺爺。老爺爺戴上老花眼鏡，認真地看了起來。

看完信，爺爺從鼻樑上取下老花眼鏡，長長地呼出一口氣，站起來，在圖書館裡來回踱步，好像在思考什麼。過了一會兒，老爺爺停住腳步，回頭對貝拉和莫樂多說：「孩子們，這封信中，貝拉的父母提到要去尋找世界上最大的祕密寶藏，我想，他們一定是去了波斯國了！」

「波斯國？」貝拉和莫樂多同時問道。

老爺爺點點頭，接著說：「孩子們，你們還記得上次來的傳奇故事老爺爺克魯達嗎？」

貝拉和莫樂多點點頭。貝拉說：「當然記得，這位老爺爺上次還帶來了一個裝有魔鬼的瓶子，哈，後來我們感化了魔鬼，把牠改造成了可愛的牛魔王呢！」

老爺爺聽了，滿意地點點頭，對他們說：「孩子們，這位老爺爺就是從波斯國來的。聽他說，在那裡有一個世界上最大的祕密寶庫，建立這個寶庫的，是傳奇的四十大盜。他們到處燒殺搶掠，把搶來的寶物藏在寶庫裡。誰也不知道怎樣才能找到寶庫，更不知道怎樣才能進入這個寶庫，因為進入寶庫需要一句開啓大門的暗語，除非你們找到一個人——」

貝拉和莫樂多趕緊問：「那個人是誰呢？」

老爺爺說：「我聽克魯達說，那個年輕人叫阿里巴巴。貝拉的父母，一定是去這個故事中尋找這個寶庫，而他們要打開寶庫就要找到阿里巴巴，獲知打開寶庫的暗語！」

「那，這是一個什麼樣的故事呢？」莫樂多好奇地問老爺爺。

老爺爺說：「這個故事被記載在《一千零一夜》的書中，說的是一個年輕人阿里巴巴，一次去山上砍柴時，意外地發現一夥強盜，他們總共有四十人。他們開啓了一個祕密寶庫的大門。阿里巴巴躲在暗處聽到了他們開啓寶庫的暗語。等強盜走後，阿里巴巴就用暗語打開大門走進寶庫。他發現裡面堆滿了金銀珠寶，於是這個年輕人就拿了一些回家。他的哥哥、嫂子知道後，就要霸佔這個寶庫裡的財富。可是他的哥哥卻在寶庫裡裝財

寶時，被回來的強盜發現了。他們殺死了阿里巴巴的哥哥。阿里巴巴傷心地埋葬了遇難的哥哥，繼承了哥哥的產業。可是強盜找上了他並要殺他滅口。好在阿里巴巴有一個聰明的女僕瑪律基娜，幾次粉碎了強盜的陰謀詭計，最後用智慧消滅了所有的強盜。阿里巴巴一家，從此過上幸福快樂的生活。」

聽到這裡，莫樂多對爺爺說：「我覺得在這個故事中，阿里巴巴的善良和女僕瑪律基娜的機智都很重要。阿里巴巴不貪心，所以沒有遇上劫難，而瑪律基娜的機智則成功地保護了主人。聽了這個故事，我真是很佩服這位機智非凡的女僕！」

爺爺點點頭，說道：「孩子們，你們去這個故事中尋找貝拉的父母和夥伴們吧，再去找到故事中的年輕人阿里巴巴，獲知開啓寶庫的暗語，開啓寶庫之門，將裡面最寶貴的『世界之愛』寶石帶回這裡，這也是我尋找多年的一顆了不起的寶石。有了這塊寶石，世界上就再也沒有令人遺憾的故事了！因為這顆寶石凝結了人類最美好的愛心！」

貝拉和莫樂多聽了爺爺的話，都覺得這次任務重大。兩個人一下子抖擻起精神，盼望早點進入故事中，特別是貝拉，他更想早點見到父母！

於是他們坐上爺爺的童話輸送滑梯，臨走爺爺提醒他們，故事中的四十大盜非常兇狠殘暴，要他們格外注意自己的安全。貝拉和莫樂多點點頭，爺爺按下按鈕，他們就出發了！

這回他們降落在了一條熱鬧的大街拐角處，貝拉和莫樂多站起來，拍去身上的灰塵。他們決定先去找到故事中的年輕人阿里巴巴。就在這時，他們聽到一個小販對著一個少女喊道：「瑪律基娜，你不買一點我的香料嗎？」

那個叫瑪律基娜的少女答應著，來帶小販的攤前，和小販說起話來。莫樂多拍拍貝拉的肩膀，對貝拉說：「拉拉，這個叫做瑪律基娜的女孩是不是老爺爺說的聰明的女僕呢？」

貝拉點點頭，同意莫樂多的推測。他們決定去和這個叫瑪律基娜的女孩搭訕。他們走過去，問女孩：「請問您是阿里巴巴先生家的女僕瑪律基娜嗎？」

女孩點點頭，問他們有什麼事，貝拉說他們是阿里巴巴的熟人，想去拜訪阿里巴巴先生。瑪律基娜於是熱情地邀請他們和她一起回家，去見阿里巴巴先生。

他們來到阿里巴巴家，他正好從澡堂洗澡回來，穿了一件白色的衣服，非常有精神。見到貝拉和莫樂多聽了瑪律基娜的介紹，還以為是自己很久以前的朋友，雖然沒有想起他們是誰，還是熱情地邀請他們在家裡吃飯。瑪律基娜燒了一頓豐盛的晚餐。席間，貝拉問阿里巴巴可否知道強盜的祕密寶庫在哪裡，阿里巴巴原本就不是個貪心的人，他說明天就帶貝拉和莫樂多去那裡。

貝拉和莫樂多聽了非常高興。晚上他們就睡在阿里巴巴的家裡。爸爸媽媽也在尋找這個寶庫，只要找到寶庫，就一定能找到爸爸媽媽和夥伴們了！想到這裡，貝拉嘴角揚起愉快的表情，晚上還做了個香甜的美夢。

第二天，貝拉、莫樂多和阿里巴巴出發了，他們翻過幾座山峰，跨過幾條河，終於來到了一個隱祕的山谷前。阿里巴巴在山壁前撥開叢生的雜草，一個石頭大門就出現在他們的眼前。

「哇，我們找到寶庫啦！」莫樂多興奮得大叫起來。貝拉也很高興，他多麼希望此刻爸爸媽媽就出現在眼前啊！

阿里巴巴唸起暗語，他對著大門唸道：「芝麻芝麻請開門！」可是他一連唸了八遍，門就是紋絲不動，毫無反應。阿里巴巴這回著急了，他想：難道是自己記錯啦？

於是他唸道：「西瓜西瓜請開門！」也不行，貝拉和莫樂多看阿里巴巴變著花樣唸暗語，於是也加入進來，三個人一起唸起來：

「甜瓜甜瓜請開門！」

「蘋果蘋果請開門！」

「樹葉樹葉請開門！」

「香蕉香蕉請開門！」

「駱駝駱駝請開門！」

「螞蟻螞蟻請開門！」

「豬頭豬頭請開門！」

「襪子襪子請開門！」

「牙籤牙籤請開門！」

三個人幾乎用盡了各自腦子裡所有的名詞，可就是不見石門打開，三個人著急了，特別是阿里巴巴，他懷疑自己的記憶是不是出了問題。

天，慢慢地黑了下來。三人決定暫且回去，好好商量一下對策。

回家後，他們把今天的經歷和女僕瑪律基娜說了。聰明的女僕大眼睛轉了幾下，對他們說：「可能是強盜發現，有人知道了他們的祕密，就更改了開門的暗語，你們一定是猜不到新的暗語的。」

三人聽了，都覺得瑪律基娜分析得很有道理。瑪律基娜又對他們說，其實大家可以換一種思路：為什麼只有用暗語進入寶庫呢？

瑪律基娜接著說：「我知道在古老的中國，有一位少年畫家，叫做馬良。一位老神仙送他一支神奇的毛筆，據說這支毛筆畫什麼，什麼就成真的了，厲害得不得了。如果你們能借來這樣的毛筆，只要輕輕畫上一扇門，不就輕易地進入大門了嗎？」

阿里巴巴聽了瑪律基娜的主意，點點頭，又搖搖頭，他說：「這個主意是好，可是神筆馬良在另一個故事中，怎麼能去得了呢？」

可貝拉和莫樂多聽了，卻心中暗喜，因為他們知道自己可以穿梭在不同的故事中。不過，這可是一個祕密！

到了晚上，他們回到自己的睡覺房間，拿出各自神奇的鈴鐺，搖了搖，又彼此碰了碰，回到了地下童話圖書館。

二十二、神奇的毛筆

貝拉和莫樂多回到地下童話圖書館，童話老爺爺熱情地擁抱他們，並對他們說：「孩子們，很高興你們在故事中找到了年輕人阿里巴巴，並通過阿里巴巴，找到了四十大盜的祕密寶庫，故事中聰明的女僕瑪律基娜的建議非常好。我知道，在《神筆馬良》的故事中，中國小男孩確實有一支這樣的神筆。這支筆可神奇啦，用它無論畫什麼都能變成真的！」

貝拉聽了爺爺的話，高興地說：「那太好了，爺爺，我們就去這個故事中找到那個叫馬良的小男孩，跟他借來這支神筆，這樣我們就能打開寶庫的大門，說不定那時我爸爸媽媽也正好來到那裡，這樣我們就能團聚啦！」

莫樂多聽了也非常高興。他問童話老爺爺：「爺爺，你給我們說說這個叫做《神筆馬良》的故事吧，我想一定會很神奇吧！」

童話老爺爺點點頭，端起桌上的杯子，喝了一口熱烘烘的果茶，摸了摸花白的鬍子，說道：「這個故事說的是，在古老的中國農村裡，住著一位貧窮的孩子。這個孩子非常喜歡畫畫，但他因為窮，交不起學費，於是他就每天在放牛、砍柴時，利用一切時間自學。慢慢地他畫畫的水準越來越好。可憐的是，這個孩子因為窮連支毛筆也買不起。一天深夜，一位老神仙出現在他的面前，送了一支漂亮的毛筆給他。這個孩子可高興啦，令人驚奇的是，無論他畫什麼，馬上就會變成真的，人們稱他「神筆馬良」，善良的孩子就用他的毛筆幫助所有的窮人。這個消息最終被貪心的皇帝知道了。皇帝命令馬良畫了一座又一座金山，聰明的孩子還畫了一個大海。皇帝坐上馬良畫的輪船要渡海到金山運金子，卻被海風吹沉了船。愚蠢的皇帝得到了應有的懲罰！」

貝拉聽到這裡，對爺爺說：「這個皇帝因為貪心最後沒有好下場，而馬良用神奇的毛筆來幫助窮苦的老百姓，卻非常地了不起啊！哈，如果我有一支這樣的毛筆，我一定畫一個大大的桃子，再畫上大樓一樣高的香蕉，這樣，我每天一睡醒，就可以張開嘴吃美味的水果，真是太酷啦！」

莫樂多聽了貝拉的設想，哈哈大笑起來說：「人家馬良用毛筆來幫助別人，而你只會給自己畫吃的！」

貝拉說：「那，你會怎麼做呢？」

莫樂多摸摸自己紅紅的大鼻子，樂呵呵的說：「我呀，就畫一顆世界上最最大的蘑菇，哈，多多愛蘑菇！」

貝拉哈哈大笑，說：「原來你也只關心自己的嘴巴呀！還說我呢！」

莫樂多說：「哈，誰叫蘑菇這麼美味呢，對了，我可以邀請世界上所有的人來一起吃啊，不是有句老話叫自己喜歡的，就和別人分享嗎？」

老爺爺看著他們你一語我一言地說笑著，也笑了起來，接著說：「這回，你們就去故事中找到那個叫做馬良的孩子，跟他借來那支神奇的毛筆，這樣我們就能打開寶庫了！」

貝拉和莫樂多愉快地點點頭，他們希望馬上出發！

於是他們坐上童話故事輸送滑梯，爺爺按下按鈕，送他們上路了。

這回，貝拉和莫樂多降落到了古代中國的一個鄉村裡，不過這回他們運氣不大好，降落在了一個湖泊上面，兩個人還沒反應過來，就張開嘴嗆了好幾口水。好在貝拉和莫樂多都會游泳，等他們回過神來，就優哉游哉地在湖面游起水來，可就在這時。一個致命的危險正慢慢地接近貝拉和莫樂多，一條大蟒蛇吐著信子，瞪著一雙大眼睛朝他們游來。貝拉不經意中看到了，連忙大叫：「多多，快，快逃，有蛇來啦！」

莫樂多一聽，朝前看去，一條大蟒蛇正朝他游來，眼看蟒蛇就要發動攻擊了，這時天邊飛來一隻巨鷹，巨鷹在天空盤旋了一圈，快速地朝蟒蛇撲來。蟒蛇本來還得意洋洋地以為「美餐」就在眼前，卻沒想到被巨鷹叼了個正著，巨鷹叼起蟒蛇向遠處飛去。貝拉和莫樂多看著漸漸遠去的巨鷹，兩個人總算鬆了一口氣，真是驚險的一幕啊！

他們游到岸邊，剛上岸，這時一個清脆的聲音傳來：「哈哈，你們好啊，怎麼樣，我畫的老鷹厲害吧！」

貝拉和莫樂多循聲看去，他們發現一個小男孩站在前面，手裡正拿著一支金燦燦的大毛筆。貝拉和莫樂多想：這個男孩一定就是傳說中的神筆馬良了！貝拉高興地走上前，對男孩說：「你就是了不起的神筆馬良吧，哈，太好啦，剛才的老鷹一定是你畫的，感謝你及時拯救了我呀！」

莫樂多也說道：「是啊，你畫的老鷹真厲害，雄赳赳的可威風啦！」

男孩開心地笑了起來，對他們說：「哈，我就是馬良，用我手中的毛筆來幫助別人是最令人開心的事情！」

貝拉和莫樂多都很欽佩馬良的善良和本事。馬良於是對他們說：「哈，我手中的毛筆可神奇啦，你們說，你們想要什麼？我就畫什麼給你們！」

莫樂多一聽，興奮地說：「真的可以嗎？那你能不能畫一隻大大的恐龍，我們還沒見過恐龍的樣子呢！」

馬良高興地點點頭，他也想好好展示一下自己神奇的本事呢！於是他在草地上畫了一隻大大的恐龍，一下子恐龍就活了過來，轟隆隆地朝他們走來。恐龍有一座房子那麼大，走到他們面前，搖搖頭，跺跺腳，一下子，整個森林發出轟隆隆的震動聲，恐龍再掃掃尾巴，頓時兩棵河邊的大樹被恐龍的尾巴刮倒了。莫樂多看到恐龍開始搗亂了，就著急地對馬良說：「快快想辦法，牠要把這裡的樹都刮倒啦！」

馬良一看頓時也慌了神，可是他只知道畫出來，沒辦法把恐龍畫回去呀！貝拉情急之中，想出一個辦法，對馬良說：「快快畫一個大箱子，把恐龍裝進去！」

馬良得到提示，趕緊在湖邊的草地上畫了一個超級大的箱子，一下子大箱子就變成真的了。於是大家就把恐龍趕進了大箱子，關上門。馬良還在箱子外面畫了一把大大的鎖，把恐龍鎖在了裡面。莫樂多對馬良說：「可是恐龍待在箱子裡，萬一有人好奇打開箱子，牠再出來搞破壞那可就不好啦！」

馬良想想覺得也對，這時貝拉又想到一個好辦法，就對馬良說：「馬戲團的人不是會訓練很多動物來表演節目嗎？你就畫個馬戲團，讓馬戲團的演員來訓練恐龍吧！」

馬良覺得這個主意很好。於是他就畫了整整一個馬戲團，馬戲團裡出來很多演員，他們打開箱子，用香蕉和蘋果馴服了粗暴的恐龍，恐龍在馴獸師的訓練下，竟學會了許多表演的節目呢！你看，牠正表演起精彩的走鋼絲節目呢！

馬戲團要離開這裡去做巡迴演出了，演員們揮手和貝拉、莫樂多以及馬良告別。他們走後，貝拉告訴馬良，他們此次來是希望借他的毛筆，去打開四十大盜的寶庫之門，找到裡面的「世界之愛」寶石，讓寶石的光芒照耀整個世界，讓世界充滿愛！

馬良聽了，連連點頭。他將毛筆交到貝拉的手上，並祝福貝拉能開啓寶庫之門拿到「世界之愛」寶石並早日見到父母和夥伴們。

貝拉和莫樂多非常感謝馬良的熱情幫助，並和他揮手告別。他們拿出口袋裡的鈴鐺，搖一搖，又碰一碰，回到了地下童話圖書館。

二十二、「世界之愛」寶石

貝拉和莫樂多回到圖書館，童話老爺爺正在看一本厚厚的書，見到他們回來，就叫他們一起來看書。這是一本古老的羊皮卷，打開的書頁上，畫著一顆心形的漂亮的寶石，寶石晶瑩璀璨，非常漂亮。老爺爺溫情地撫摸著畫中的寶石，長長地歎出一口氣，對貝拉和莫樂多說：「孩子們，這就是傳說中失傳很久的『世界之愛』寶石。在上古時期，因為有這顆寶石的光芒照耀，世上所有的生靈彼此相親相愛，親如一家。後來，貪婪的人類想將寶石據為己有，於是他們偷走了這顆寶石，寶石從此在世界上消失了。沒有了寶石的光芒，世界從此陷入了紛爭、自私的泥潭，沒有人再相信童話裡的世界，更失落了童話裡的真善美。千百年來，我一直在尋找這顆失落的寶石。直到讀了貝拉父母的信，我才發現了故事中的祕密寶庫，並判斷這顆寶石被搶來藏在裡面。」

貝拉和莫樂多聽了爺爺的敘述，都覺得找到這顆寶石意義重大。莫樂多問爺爺：「爺爺，看這顆寶石的圖片，它好像散發著美麗的光芒呀！」

爺爺點點頭，說道：「是的，孩子們，這顆寶石是世界上所有的生靈用善良和美好的愛心共同凝結鍛造的，所以它永遠散發著溫暖、晶瑩的光芒。」

貝拉和莫樂多此刻是多麼希望馬上就出發，去故事中找到這顆神奇的寶石啊，於是他們迫不及待地坐上童話故事輸送器，在爺爺的祝福下，又向著故事出發了！

這回，他們降落在好朋友阿里巴巴的家裡，阿里巴巴見到好夥伴回來了，非常高興，他拿出家裡的各種美食，好好款待了兩位小傢伙。第二天一亮，他們就一同向著寶庫的方向出發了！

中午時分，他們來到寶庫的門前，貝拉拿出向馬良借的神奇毛筆，他看看莫樂多，莫樂多對他堅定點點頭，他再看看阿里巴巴，阿里巴巴拍拍貝拉的肩膀，對他表示鼓勵。

貝拉於是用毛筆在寶庫的石門上畫了一扇門，忽然畫過的地方，閃耀出一道金光，一扇真的門出現了！貝拉推開門，和大家一起走進了寶庫。

走進寶庫，三個人都看傻了眼：裡面金銀珠寶堆積成山，各種珍貴寶物一堆一堆像連綿起伏的山丘，數也數不完。他們都被眼前的景象震撼了。貝拉對大家說：「這些都是強盜們搶來的財寶，我們要把它們分發給所有的窮人，讓大家都過上好日子！」

莫樂多高興地點點頭，說：「對，還有我們一定要找到『世界之愛』寶石，我們要讓寶石的光芒重新照耀世界！」

大家興奮地繼續往寶庫裡面走去。寶庫非常大，三個人走了好久也沒走到頭。終於，他們在最裡面看到了一個精美的箱子，貝拉想：這個箱子裡藏著的一定是傳說中的寶石吧！

於是走了過去，打開箱子。三人齊齊看去，發現裡面果然放著一顆漂亮的心形寶石，樣子和爺爺書中畫的一模一樣。只是大家發現寶石卻沒有一點光芒，晶瑩的寶石黯淡地靜臥在箱子裡，像個熟睡的孩子。

貝拉拿起寶石，對莫樂多和阿里巴巴說：「你們看，這塊寶石多美呀，只是它怎麼沒有一點光芒呢？」

莫樂多也覺得奇怪，接過寶石仔細打量起來。

就在這時，他們身後忽然響起了一陣腳步聲，有人來了！

三人一起轉身朝後面看去，一群蒙面的傢伙正快步地朝他們這邊走來。阿里巴巴大喊一聲：「一定是四十大盜來啦！我們被強盜包圍了！」

說話間，那群蒙面強盜已經來到他們面前。「強盜們」一步一步逼近他們，貝拉、莫樂多和阿里巴巴被一步步的逼向寶庫的石壁，他們已經沒有了退路！

就在這時，強盜們紛紛揭下面具。貝拉一看，「啊！」發出一聲驚叫，叫聲充滿了喜悅。原來他發現「強盜們」原來就是貝拉的爸爸媽媽和夥伴們！貝拉看到父母，高興地跑上前去，緊緊擁抱爸爸媽媽。猴子夥伴們都團團圍住貝拉，大家都沉浸在團聚的喜悅中！

貝拉的爸爸對貝拉說：「我親愛的孩子，我們終於見面啦！自從上次我們在森林裡分別，沒想到直到今天在這裡才相見！」

貝拉的媽媽眼睛裡含著激動的淚水，對貝拉說：「我親愛的孩子，這麼久不見，你都長大了！」

猴子夥伴們也紛紛表達他們見到貝拉的喜悅之情，大家有說有笑，彼此分享著久別重逢的快樂。

貝拉向大家介紹他的好夥伴莫樂多和阿里巴巴。貝拉的媽媽對莫樂多說：「哈，你就是多多啊，我們知道一路上你們一定經歷了許多有趣的故事，你真是一個善良、聰明的小矮人！」

莫樂多也很高興，他問候了貝拉的親人和森林裡的夥伴們，就在這

時，寶庫裡漸漸有光亮起。原來，「世界之愛」寶石發出了銀色的光芒！光芒越來越明亮，越來越輝煌，不禁讓人的內心充滿了溫暖的喜樂。貝拉爸爸對大家說：「你們看，只要我們內心充滿喜悅和對彼此的祝福之情，寶石就會發出美麗的光芒，而這光芒一定會照耀整個世界，世界有了這愛的光芒就一定會變得更加美好！」

貝拉問爸爸媽媽和夥伴們怎麼打扮成了強盜的樣子，這是怎麼回事？貝拉的媽媽慈愛地摸了摸貝拉的腦袋，對他們說：「我們來到這個故事中尋找傳說中的寶藏，一路上，我們聽到人們都在說，這裡有一夥強盜，專門搶劫別人的財物。於是我們打聽到他們的行蹤，並悄悄跟蹤他們。我們猜想傳說中的『世界之愛』寶石一定就在這個寶藏裡！經過跟蹤，我們發現了寶藏地點。於是我們在山谷裡挖了個大大的陷阱，把強盜們一網打盡了。後來我們把自己的故事講給強盜們聽，強盜們被我們為了讓世界更美好，而苦苦追尋的作為所感化，他們決定從此改邪歸正，要為窮人做好事。他們已經不再是傳說中的『四十大盜』，而是行俠仗義的『四十好人』！『四十好人』告訴我們只有穿上他們的衣服，對著寶庫的大門集體跳舞，寶庫的大門才會打開，所以你們就看到我們這個打扮了！」

貝拉和莫樂多還有阿里巴巴這才恍然大悟，十分佩服他們的智慧和勇氣！

貝拉、莫樂多和父母以及夥伴們經過商量，決定回到地下童話圖書館，帶著寶石去見童話老爺爺。大家委託阿里巴巴將寶庫裡的財寶分給天下所有的窮人，阿里巴巴接受了大家的委託，並和大家揮手告別。

貝拉的爸爸拿出從童話圖書館借的故事輸送盒，大家手拉手，盒子打開後，一道金光，瞬間，大家都從故事中消失了。

藏寶洞裡只留下年輕的阿里巴巴，後來阿里巴巴果真用馬車運走了寶藏裡所有的財寶。在路上，他碰到了了不起的「四十好人」，於是，他們一起將所有的財寶分發給了天下的窮人。

二十三、愛的光芒照進每個孩子的夢裡

貝拉他們乘坐著故事輸送盒，回到了地下童話圖書館。童話老爺爺歡迎大家的歸來，高興極了。貝拉的爸爸媽媽走到爺爺面前，對老爺爺說：「親愛的童話老爺爺，真對不起，我們當初因為好奇，打開了童話故事輸送盒子，進入了童話的故事裡，請您原諒我們！」

童話老爺爺聽了，笑著點點頭，對他們說：「其實，也怪我沒有及時告訴你們這個盒子的用途。這個盒子是我以前研製的，因為效果不穩定所以一直沒有使用。你們看到了，因為好奇，打開看，也是難怪的。只是這個盒子打開後，就馬上會把所有在場的人送進故事裡，所以才有了你們的在故事中的奇妙經歷！但我也要感謝你們，是你們打開了祕密的寶藏，並

找到了愛的寶石。有了這顆寶石光芒的照耀，世界將會回到充滿愛和美好的本來面貌，你們的旅行真的太有價值了！」

貝拉的媽媽聽了非常高興，她對老爺爺說：「哈，童話爺爺，在不同的故事中穿梭，我們發現，世界上之所以有令人遺憾的故事，都是因為，故事中的某一方缺失了愛的能力，而愛的缺失，才有了這樣或者那樣的誤會和紛爭。如果世界上所有的生靈能彼此相愛，在相愛中彼此理解和包容，那麼這個世界上，就再也沒有令人遺憾的故事了！」

貝拉的爸爸也點點頭，說道：「是啊！所以我們在故事中就萌生了尋找『世界之愛』寶石的念頭。只有找到這顆寶石，讓寶石的光芒重新照耀大地，我們才能回到彼此相愛、和諧共處的美好日子！」

貝拉聽了父母的話，非常感動，他笑著說：「哈，有趣的是當你們找到寶石時，我也找到了你們，我們一家終於團聚啦！」

童話老爺爺點點頭，贊同道：「祝賀你們，你們說得很對，讓我們彼此相親相愛，煥發出寶石璀璨的光芒吧！」

大家聽了童話老爺爺的話，都很高興。貝拉和莫樂多一起雙手捧起寶石，舉過頭頂。大家齊聲祈禱，內心都洋溢著對彼此的愛和對美好世界的祝福。瞬間，寶石再次閃閃發出光芒，光芒照耀整個空間，也照亮了每個人的心房。這一刻，童話圖書館所有的門都打開了，無數的童話書，在光芒的照射下開始抖動起來，莫樂多興奮地對大家說：「大家快看，那是什麼！」

大家朝四周看去，所有的圖書都長出銀色的翅膀，在空中盤旋著，好像無數整裝待發的候鳥。書本飛出圖書館，飛向外面廣闊的天空，飛向所有孩子的夢中。愛的光芒照亮了每個孩子酣甜的夢鄉！

兒童文學17　PG1278

貝拉與莫樂多經典童話歷險記

作者／陳始暢
插畫者／陳始暢
責任編輯／廖妘甄
圖文排版／莊皓云
封面設計／蔡瑋筠
出版策劃／秀威少年
製作發行／秀威資訊科技股份有限公司
114 台北市內湖區瑞光路76巷65號1樓
電話：+886-2-2796-3638
傳真：+886-2-2796-1377
服務信箱：service@showwe.com.tw
http://www.showwe.com.tw

郵政劃撥／19563868
戶名：秀威資訊科技股份有限公司
展售門市／國家書店【松江門市】
104 台北市中山區松江路209號1樓
電話：+886-2-2518-0207
傳真：+886-2-2518-0778
網路訂購／秀威網路書店：http://www.bodbooks.com.tw
國家網路書店：http://www.govbooks.com.tw
法律顧問／毛國樑　律師

總經銷／聯寶國際文化事業有限公司
221新北市汐止區康寧街169巷27號8樓
電話：+886-2-2695-4083
傳真：+886-2-2695-4087

出版日期／2015年3月　BOD一版　**定價**／300元
ISBN／978-986-5731-18-2

秀威少年
SHOWWE YOUNG

國家圖書館出版品預行編目

貝拉與莫樂多經典童話歷險記 / 陳始暢著 ;
陳始暢插畫. -- 一版. -- 臺北市 : 秀威少年,
2015.03
面 ;　公分 -- (兒童文學17 ; PG1278)
BOD版
ISBN 978-986-5731-18-2 (平裝)

859.6　　　　　　　　　　　104000752

讀者回函卡

感謝您購買本書，為提升服務品質，請填妥以下資料，將讀者回函卡直接寄回或傳真本公司，收到您的寶貴意見後，我們會收藏記錄及檢討，謝謝！

如您需要了解本公司最新出版書目、購書優惠或企劃活動，歡迎您上網查詢或下載相關資料：http:// www.showwe.com.tw

您購買的書名：________________________________

出生日期：________年________月________日

學歷：□高中（含）以下　□大專　□研究所（含）以上

職業：□製造業　□金融業　□資訊業　□軍警　□傳播業　□自由業

□服務業　□公務員　□教職　□學生　□家管　□其它_____

購書地點：□網路書店　□實體書店　□書展　□郵購　□贈閱　□其他

您從何得知本書的消息？

□網路書店　□實體書店　□網路搜尋　□電子報　□書訊　□雜誌

□傳播媒體　□親友推薦　□網站推薦　□部落格　□其他__________

您對本書的評價：（請填代號　1.非常滿意　2.滿意　3.尚可　4.再改進）

封面設計____　版面編排____　內容____　文／譯筆____　價格____

讀完書後您覺得：

□很有收穫　□有收穫　□收穫不多　□沒收穫

對我們的建議：________________________________

____

____

____

請貼
郵票

11466
台北市內湖區瑞光路 76 巷 65 號 1 樓

秀威資訊科技股份有限公司 收

BOD 數位出版事業部

....

（請沿線對折寄回，謝謝！）

姓　　名：＿＿＿＿＿＿＿＿　年齡：＿＿＿＿　性別：□女　□男

郵遞區號：□□□□□

地　　址：＿＿＿＿＿＿＿＿＿＿＿＿＿＿＿＿＿＿

聯絡電話：(日)＿＿＿＿＿＿＿＿＿＿(夜)＿＿＿＿＿＿＿＿＿＿

E-mail：＿＿＿＿＿＿＿＿＿＿＿＿＿＿＿＿＿＿